Verlag Voland & Quist GmbH, Dresden und Leipzig, 2017
© by Verlag Voland & Quist GmbH
Korrektorat: Annegret Schenkel
Umschlaggestaltung: HawaiiF3
Satz: Fred Uhde
Druck und Bindung: CPI books GmbH, Leck

www.voland-quist.de

Uli
Hannemann

Wunsch
nachbar
Traum
frau

Geschichten

Voland & Quist

Inhalt

Sind so kalte Füßchen

Ich versuche, mit dem Laptop im Park zu arbeiten. Wegen der Sonne. Einfach ist das nicht, ebenfalls wegen der Sonne. Die scheint auf den Bildschirm und ich erkenne nicht, was ich schreibe. Ein doppeltes Handicap, da ich üblicherweise auch nicht weiß, was ich schreibe, und allein schon deshalb darauf angewiesen bin, das Resultat meiner Bemühungen wenigstens sehen zu können. Dann kann ich nämlich den jeweils letzten Satz nachkontrollieren und versuchen, einen inhaltlich und formell halbwegs darauf abgestimmten Anschlusssatz zu bilden. Ich reagiere praktisch instinktiv, wie die Motte auf das Licht. Viele ahnen ja gar nicht, wie simpel Literatur funktioniert. Die denken stattdessen: »Huiuiui!« Manche denken vielleicht auch »Huiuiui, du Arschloch«, aber die sind nur neidisch und auf ihren Neid kann man im Grunde sogar stolz sein. Wer oben steht, hat nun mal die meisten Feinde.

In jedem Fall denken alle in irgendeiner Form »Huiuiui«. Da führt kein Weg dran vorbei. Als Insider kann man nun entweder lachen oder sich verzweifelt an den Kopf greifen über diese naive Bewunderung, die einem allenthalben entgegenschlägt. Die ist ja auch gefährlich. Es ist immer besser, die Leute verfügen wenigstens über ein Mindestmaß an Bildung und Selbstbewusstsein. Dann fallen sie weniger leicht auf Rattenfänger herein und suchen nicht Halt in falschen Idolen und wertlosen Symbolen. Andererseits hat die Vorstellung, dass erwachsene Leute sich wie kleine Kinder ausmalen, ein Autor würde beim Schreiben irgendetwas denken, geschweige denn seine jeweilige Arbeit im Voraus konzipieren, auch etwas irrsinnig Rührendes. »Mama, haben Regenwürmer Schuhe?«»Papa, weiß der Mann, was er da schreibt?«

Große Augen, rote Bäckchen, offener Mund. Das ist schon sehr niedlich. Ich weine oft ein bisschen bei dem Gedanken daran, doch es ist ein schönes und mit der Welt versöhntes Weinen. Kurze Momente, in denen das Glück mal eben »Guten Tag« sagt, bevor es krachend die Tür zuschmettert, um für lange Zeit wieder zu verschwinden. Angeblich Zigaretten holen, dabei weiß doch jedes Kind, dass das Glück Nichtraucher ist. Es kifft höchstens mal ein bisschen.

Jetzt muss ich also improvisieren, da ich das Geschriebene nicht lesen kann. Sämtliche Grenzen sind nun für mich aufgehoben. Der Stil, die Struktur, die Grammatik, die Orthographie: Ich sprenge alle Fesseln und finde so zu einem archaischen Kunstbegriff zurück. Es ist ja sonst schon aufregend genug, was beim Schreiben hinterher rauskommt, jetzt ist es sogar doppelt spannend. Ich lasse mich vom Ergebnis einfach später zu Hause überraschen.

Ach was: »zu Hause«. Ich schicke das Stück gleich ungeprüft an die taz weiter. Die Vorstellung ist irgendwie noch lustiger, den im völligen Blindflug entstandenen Random-Mix in gedruckter Form gemeinsam mit fünfzigtausend anderen verblüfften Lesern erstmals selber wahrzunehmen. Damit befinde ich mich immerhin in guter Gesellschaft. So schrieb Günter Grass sein famoses Israel-Poem in seinem Behlendorfer Garten mitten in der Sonne und noch dazu bei starkem Rückenwind, während Adolf Hitler in stockdunkler Gefängniszelle »Mein Kampf« verfasste – zwei absolute Meilensteine literarischer Improvisationskunst. Von der in »Stiller-Post«-Manier durch den Sandsturm gemurmelten Bibel mal ganz abgesehen.

Wenn es anfängt zu regnen, wird es schließlich noch interessanter: Welche Buchstaben geben auf der Tastatur als Erstes ihren Geist auf und welche Auswirkungen hat das auf den Text? In meinen Augen: keine.

La verdad. Die Wahrheit

Facebook ist eine Quelle stetiger Unzufriedenheit. Es funktioniert nach dem Suchtprinzip, denn jedes »Like«, das auf eine eigene Statusmeldung hin erfolgt, schüttet beim Empfänger des Lobs Botenstoffe aus, die denen beim Orgasmus ähneln, nur natürlich tausendmal stärker. Danach jedoch fühlt man nichts als Trauer und Leere, die man erst dadurch wieder vertreibt, dass man weitere ganz tolle Urlaubsfotos postet und somit bei den »Friends« (die man offenkundig verachtet, sonst würde man das ja lassen) eine nicht enden wollende »Neidspirale« (taz) in Gang setzt.

An dieser Schraube der Missgunst drehe auch ich gnadenlos weiter. Wegen der Botenstoffe. Da spielt es keine Rolle, dass das Wetter hier auf La Palma vom ersten Tag an absolut beschissen ist. Ach was, der Ausdruck »beschissen« würde angesichts dieses Wetters Scheiße noch beleidigen. Es stürmt, dass die Palmen knicken wie Streichhölzer, dazu sintflutartiger Regen, Steinschlag, Stromausfälle, Hunger, Seuchen und sogar der erste Schnee seit der letzten Eiszeit vor zehntausend Jahren.

Egal. Ein Sonnenfoto von der Terrasse eines schönen Ferienhäuschens von der Tourismuswebsite zu ziehen und mitsamt hämischem Text an die »Lieben« daheim im kalten Berlin zu posten ist Eins. Das verzweifelte Kommentargeheul der erbärmlichen Schneeeulen à la »Die Stühle sehen aber hart aus« lässt mich ihren brennenden Neid noch weiter befeuern: »Mir ist so heiß – ich muss jetzt unbedingt ins Meer.«

Schließlich weiß ja keiner, dass wir hier bei elf Grad in einer klammen Bude ohne Heizung schnattern, die, spätestens seit der Tornado die Terrasse ins Meer gefegt hat, mit dem geposteten Häuschen ungefähr so viel zu tun hat wie Neuschwanstein mit einem Termitenbau, und dass das Meer derart brodelt, dass sogar die Fische um Hilfe schreien.

Unter unseren Lügen wellen sich unsere Postkarten aus Münchhausen schon derart, dass sie kaum noch durch den Briefkastenschlitz passen. In diesem Inferno aus Kälte und Dunkelheit besteht meine einzige verbliebene Freude darin, Hass und Neid zu säen und mit weiteren Kommentaren wie »11 Uhr. La Palma. Affenhitze. Der Champagner schmeckt …« zu gießen und hochzupäppeln, bis sie zu prächtigen schwarzen Blumen, die den intensiven Duft eines verwesenden Charakters verströmen, herangewachsen sind. Der Dünger ist die Lüge, das Wasser sind die Zornestränen der Daheimgebliebenen.

Dichte Nebelschwaden wabern vom Meer herüber wie in »The Fog – Nebel des Grauens«, einem der lächerlichsten Horrorfilme aller Zeiten. Und lächerlich ist im Grunde auch unsere Situation: Wir frieren auf einer Urlaubsinsel, die den Beinamen »La Isla Bonita« trägt, im Nieselregen, der permanent auf uns herabströmt und die Ummantelung von den Nerven nagt, bis diese völlig blank liegen. Darüber, dass Liebe sich verändert, allzumal nach über fünf Jahren auch verblasst, waren wir uns zwar schon bei den ersten Regentropfen einig. Doch dass sie sich so schnell in lodernden Hass verwandelt, überrascht uns dann doch beide.

Wir rasten langsam aus, zerfleischen uns gegenseitig. »Gestern gerade noch so eine Messerattacke von Q. abgewehrt«, notiere ich in mein Tagebuch. »Dafür hat sie mir nachts, als ich schlief, mit einem großen Stein den Ringzeh meines linken Fußes gebrochen.« Ich wiederum bringe ihr den Kaffee erst ans Bett, wenn er nur noch lauwarm ist. Mein teuflisches Grinsen spricht dabei Bände.

Haben sich zwei Menschen, wochenlang zu zweit unter widrigsten klimatischen Verhältnissen und auf engstem Raum eingepfercht, jemals so gehasst? Ich fühle mich an den spanischen Film »Mad Circus« erinnert, in dem ein guter trauriger Clown und ein böser lachender Clown einander verfolgen bis zur Selbstzerstörung. Der Unterschied: Wir sind zwei böse traurige Clowns. Das Wetter hat uns dazu gemacht, der »Urlaub« unsere Seelen getötet.

Inzwischen verhindert das Unwetter, dass wir das Haus verlassen und weitere Lügen posten oder auch nur Lebensmittel kaufen können. Wir essen unsere Flipflops, die wir ohnehin nicht brauchen. Dass die Fähren und die Flieger nicht mehr gehen und wir niemals mehr zurück nach Hause kommen, ist ebenfalls kein Problem. Wir behaupten einfach, wir hätten verlängert. Weil es hier so schön ist.

Waidgerechter Fangschuss

»Horrido joho prääp.« So ungefähr klingt es, das stolze Signal der Jäger, wenn sie eines dieser Wildschweine mit besonderen Verhaltensauffälligkeiten erlegt haben: zwei paarungsbereite, nackte Schweine auf einer Wolldecke im Maisfeld; einen Keiler im Pullunder, der seine Angelausrüstung im offenen Kofferraum seines Kombis verstaut; eine Bache mit Frischlingen, die Pilzkörbchen durch den Mischwald tragen und dabei Kinderlieder singen. Natürlich ist es unabdingbar, den Genpool speziell von solchen offenkundigen Mutationen zu reinigen, um den Schwarzwildbestand gesund zu halten. Kein Wunder also, dass das Jagdhorn nach erfolgreicher Hegemaßnahme hörbare Erleichterung verströmt.

Doch leider streut die Lügenpresse auch in der soeben frisch begonnenen Jagdsaison mal wieder hässliche Gerüchte: Menschen seien es zum Teil, und keine Wildschweine, die da einer völlig ungeeigneten Jägerschaft zum

Opfer fielen. Um den Anschuldigungen auf den Grund zu gehen, haben wir einen erfahrenen Jäger auf die Jagd begleitet.

Armin Schütze (52) sitzt im Vorstand des Deutschen Jagdverbands (DJV). Während wir zusammen mit Lonsdale-Terrier Siegfried durchs Unterholz von Schützes Revier streifen, räumt der Waidmann gnadenlos mit der Behauptung auf, Lizenzen würden zu leichtfertig und inflationär vergeben. »Klar gab es bei Edeka eine Zeit lang die Option ›Treueherzen oder Jagdschein?‹, was aber keinesfalls heißt, dass der Jagdschein nachgeschmissen wurde: Immerhin war dafür ein Mindestwareneinkauf von zehn Euro nachzuweisen. Und warum soll man, wie jetzt wieder gefordert wird, Fehlsichtige diskriminieren? Die Jagd an frischer Luft ist schließlich gesund – das kann dem Zustand des Patienten doch nur förderlich sein.«

Schütze redet sich in Rage: »Was soll denn schon passieren? Bei einer Sehschwäche ab minus 8,0 Dioptrien sind automatisch größere Kaliber vorgeschrieben. Außerdem sind die Jagdkameraden dazu angehalten, den Gehandicapten an die Hand zu nehmen und ihn ungefähr in die Richtung zu drehen, in der sich das Wild befinden könnte. Ich kenne ohnehin kaum blinde Jäger. Viel häufiger sind manische Depressionen, Psychosen, Angststörungen, schwere Epilepsien und galoppierender Schwachsinn.« Wie zur Bekräftigung seiner Worte gibt er ein paar scheinbar wahllose Schüsse ins Gebüsch ab.

»Bitte nicht«, schallt es da aus einem der Büsche. Ein junger Mann in Laufbekleidung tritt mit erhobenen Händen hervor. »Nicht schießen!« Er zittert am ganzen Leib.

»Ah.« Schütze freut sich. »Der ist mir gestern entkommen. Die mit den Joggingsachen sieht man meistens am frühen Morgen. Die sind bereits derart darin geübt, nur auf den Hinterbeinen zu rennen, dass sie dabei schon ein ganz schönes Tempo erreichen können. Das glaubt man gar nicht.« Mit einem kurzen Wink seines Gewehrlaufs bedeutet er dem Zweibeiner, niederzuknien und die Hände hinter dem Nacken zu verschränken.

Beeinflusst von überkommenen Denkschablonen werfen wir ein, dass es sich bei dem aufgestöberten Wild doch offenbar um einen Menschen handelt. Schon allein das Sprechvermögen und die Intelligenz …

Mit nur mühsam bezähmter Ungeduld schneidet uns der Jagdfunktionär das Wort ab: »Papperlapapp. Das hat doch mit Intelligenz nichts zu tun. Jeder Papagei kann ein paar Worte nachplappern. Ganz davon abgesehen gibt es auch superdoofe Menschen und superschlaue Schweine. Wenn ich bloß an diesen einen kapitalen Keiler denke, mit dem ich immer Schach gespielt habe. Vom Hochsitz aus hab ich dem die Züge zugerufen. Ein unheimlich pfiffiges Tier. Ich weiß nicht, wie ich es anders sagen soll: Mit der Zeit wirst du da fast so was wie Freunde.«

Eine feine Anekdote. Das Schwein in der Turnhose wird dennoch ungeduldig: »Was passiert denn jetzt mit mir?« Man kann seine Angst fast riechen.

»Das haben wir doch im Wesentlichen schon gestern besprochen.« Der Jäger spannt den Hahn seiner doppelläufigen Flinte und seufzt. »Na gut, dann eben noch mal. Es gibt zwei Möglichkeiten. Die eine: längeres Sperrfeuer mit diversen nicht tödlichen Treffern, danach tagelange vergebliche Suche mit verschnupften Schweißhunden und schließlich einsames Verbluten irgendwo im Dickicht.«

»Und die andere?«

Es knallt. Von dem am Hinterkopf aufgesetzten Treffer dürfte der mutierte Keiler kaum etwas gespürt haben. Armin Schütze erläutert: »Der Fangschuss muss sauber und waidgerecht sein. Die quälen sich doch sonst nur. Was der Laie ja oft nicht weiß oder nicht wissen will: Wie untrennbar Tierschutzgedanke und Jagd miteinander verwoben sind.«

Sein charismatisches Sendungsbewusstsein verscheucht die letzten Zweifel. Längst müssen wir über uns selber schmunzeln. Zwar sieht der in einer Blutlache liegende Schwarzkittel einem Jogger nach wie vor täuschend ähnlich, aber ein Mensch hätte sich natürlich gewehrt. Und wir hätten um ein Haar die Polizei gerufen, nur weil hier jemand Artenschutz betreibt.

Sonntagsfrühstück

Die Sonne scheint an einem milden Novembertag. Für dieses Jahr wird es vermutlich das letzte Sonntagsfrühstück auf dem Balkon sein. Lachs, Pastete vom Iberischen Schwein, Champagner, Wachteleier: alles da.

Nach kaum einer halben Minute reißt mich der Schreck so vom Stuhl hoch, dass meine Knie grob an die Unterkante des kleinen Tischchens knallen: Tatütata, der erste Rettungswagen ist da. Ich habe noch nicht mal die Scherben zusammengefegt und kann gerade erst wieder Systole und Diastole voneinander unterscheiden, da biegt bereits der nächste um die Ecke. Was für eine Schweinerei! Anders kann, anders will ich das nicht nennen. Das ist doch Wahnsinn. Wie sollen sich die Leute hier erholen?

Tatütata! Und wieder zucke ich zusammen. Die halbe Auster hopst ungeschlürft in den Blumenkasten. Und noch mal: tatütata. Obwohl sie Grün haben, obwohl gar keiner im Weg ist – das machen die doch extra. Ich hasse diese Autos und ich hasse ihre Fahrer. »Sie tun nur ihren Job«, wird jetzt wahrscheinlich wieder irgendein Idiot behaupten.

»Sie tun nur ihren Job« – was für ein dummer, kalter Satz. Der behält im Land der Richter und Henker zu Recht auf Dauer seinen schlechten Klang.

Tatütata. Der nächste Arsch. Warum sind hier in der Gegend überhaupt so viele krank? Das ist ja nicht zum Aushalten. Erst rauchen sie und saufen, meiden die frische Luft wie der Teufel das Weihwasser und belästigen nun andere mit ihren Zusammenbrüchen. Wissen die überhaupt, wie sehr sie mich nerven? Schneiden die eigentlich noch irgendetwas mit? Garantiert ist denen gerade alles scheißegal. Statt auf sich selber achtzugeben, schiebt jeder die Verantwortung einfach auf die Gesellschaft und den Rettungswagen weiter. Das ist so asozial.

Was sie mit ihrem Körper anstellen, ist ja ihre Sache. Solange sie damit nicht über Bande andere beeinträchtigen. Gesunden Menschen, die Ballaststoffe essen, joggen und in die Sauna gehen, das Sonntagsfrühstück vergällen. An der frischen Luft. Währenddessen sitzen diese gelbsüchtigen Crackhuren in ihren Miefbuden und drehen die Augen auf kurz vor null. Statt dass sie aber wenigstens jetzt endlich das Fenster öffnen, zur Not vielleicht auch eine Aspirin nehmen, grapschen schmutzige Pfoten nach dem Hörer und theatralisch brechende Stimmen rufen wehleidig den Notarzt an: »Buhuhu. Mir geht's so schlecht. Ich bin so krank. Bitte, kommen Sie schnell, sonst sterbe ich.«

Ich ertappe mich bei dem Wunsch, sie wären tot. Ein Leichenwagen fährt nämlich ohne Martinshorn. Ein Leichenwagen hat es nicht eilig. Der Patient hat es nicht eilig. Alle sind optimal entspannt.

Ganz kurz habe ich fast ein schlechtes Gewissen und denke, dass ich in diesem Moment womöglich auch nicht so wahnsinnig viel besser als die Jammerlappen bin, da ich völlig fremden Menschen den Tod wünsche, nur um meine Nerven zu schonen.

Doch was heißt hier »nur«? Meine Nerven sind nun mal von Bedeutung für die Gemeinschaft: Nur wenn sie optimal funktionieren, bin ich weiterhin in der Lage, unvergleichlich heitere und unbeschwerte Texte wie diesen hier zu produzieren und so, in zugegebenermaßen äußerst kleinen Schritten, eine gute und gerechte Welt zu schaffen. Außerdem wäre es bestimmt besser für die Kranken. Denn sobald hier schon alle zwei Minuten der Krankenwagen um die Ecke lärmen muss, hat das doch alles keinen Zweck mehr. Dann quälen die sich doch offenbar bloß noch. Die lauten Retter könnten im Grunde genauso gut zu Hause bleiben oder aber nur einmal kommen, um die letzte Spritze zu setzen. Danach hätten sie Feierabend, die Kranken wären vom Schmerz erlöst und ich vom Krach. Eine Win-win-Situation à trois. Dem nächsten Einsatzfahrzeug proste ich von meinem luftigen Thron aus mit dem Champagner zu, den ich erst kürzlich für herausragende Leistungen geschenkt bekommen habe.

Winterkrise

Dunkelheit, Kälte, Vitaminmangel, Depressionen sowie Vollbartträger mit kordelversehenen Säuglingsmützen. Und als wenn im Winter nicht ohnehin schon alles schlimm genug wäre, stürzt einen die dritte Staffel der britischen Adelsserie »Downton Abbey« endgültig in ein tiefes Tal aus Tränen und Leid.

Die Serie ist Kitschtantenfernsehen vom Allerfeinsten. Eine klare Zuordnung von Gut und Böse, Arm und Reich, Oben und Unten sorgt für die unvergleichliche Behaglichkeit der Selbstvergewisserung an langen Winterabenden. Doch dann passiert etwas absolut Schreckliches. Um es knallhart und kurz zu machen: In der fünften Folge stirbt Lady Sybil. Nein, nicht der böse Kammerdiener Thomas, nicht Assad oder Depardieu, für die ich eigens Tanzen gelernt hätte, um auf ihren Gräbern zu schwofen, sondern ausgerechnet die warmherzige und wunderschöne Lady Sybil. Sie stirbt einfach so weg, ich kann es nicht fassen. Gott muss völlig neben sich gestanden sein, als er Hitler und Stalin das Buch für diese Folge schreiben ließ.

Arme Lady Sybil! Erst ist sie schwanger vom Fahrer, was ja an sich schon der Hammerskandal ist, und dann kommt das Kind und du denkst noch, alles wird gut und der eine Arzt (Fachrichtung: Diplomquacksalber) ist aber voll scheiße und setzt sich gegen den guten Arzt (redlicher Allgemeinmediziner) durch und auf einmal hüpfen alle schreiend und weinend ums Bett rum, Lady Sybil krampft wie ein Goldfisch, der aus dem Glas gefallen ist, der irische Chauffeur hält ihre Hand und schreit: »Mi Luw! Mi Luw!« Hilft aber nix, denn, zack, noch ein letztes vergebliches Schnappen nach Luft und Lady Sybil ist mausetot.

Im Fernseher weinen alle. Hoffentlich gibt es keinen Kurzschluss. Auch wir weinen auf unserem Sofa und halten einander fest umklammert. Es ist so furchtbar. Wenn Lady Sybil nicht mehr lebt, will ich auch nicht mehr leben. Das ist zumindest meine erste Regung in diesem Moment, weil was bleibt denn nun noch? Ein leeres graues Schloss in einem leeren grauen Fernseher in einem leeren grauen Leben. Erst jetzt fällt mir auf, dass die Sonne, wie um das Drama anzukündigen, sich schon seit Wochen nicht mehr blicken ließ.

Q. ist ebenfalls untröstlich. Das rechne ich ihr hoch an, denn immerhin weiß sie ja, dass ich Lady Sybil echt mit Abstand am schönsten von den Ladys finde. Beziehungsweise fand. Seit Monaten hört sie von mir nur noch »Lady Sybil hier, Lady Sybil da, Lady Sybil hat gesagt …« Da könnte sie im Grunde froh sein, dass sie diese lästige Konkurrentin los ist. »Endlich ist das Flittchen futsch«, könnte sie triumphieren, doch sie schluckt ihre Eifersucht herunter, weil auch sie spürt, dass es hier um Größeres geht und man da persönliche Befindlichkeiten einfach mal hintanstellen muss. Ganz davon abgesehen, dass Lady Sybil von einer derart sphärischen Schönheit ist, dass ihre Ausstrahlung sich längst weit jenseits banaler Projektionen erotischer Natur erstreckt.

Auch einen Tag später hat sich noch nichts an diesem schrecklichen Gefühl geändert. Ganz im Gegenteil. Nach einer verständlicherweise schlaflosen Nacht fühle ich mich wie tot. Wie Lady Sybil. Es ist alles so sinnlos. Warum nur ist das passiert, warum haben die das gemacht? Ist sie zu populär geworden, hat sie sich bei der Gagenforderung für die vierte Staffel verhoben? Hat sie sich entrüstet geweigert, dem Regisseur zu Willen zu sein? Diesem Schwein! Ich weiß es nicht, ich weiß nur: Ich wäre jetzt gern bei ihr. Im Himmel. Wie zum Hohn scheint an diesem Morgen zum ersten Mal wieder die Sonne. Das könnte sie sich wirklich sparen, sie wärmt ja ohnehin nicht.

Eigentlich müsste ich dringend arbeiten, doch ich kann nicht. Mein Kopf ist leer, mir ist, als wären mit Lady Sybil auch alle Buchstaben in mir gestorben. Von A bis Z. Erschwerend kommen meine Vorsätze hinzu, in Zukunft weniger mit Nazivergleichen, selbstmitleidigen Attitüden und unqualifizierten persönlichen Angriffen zu arbeiten. Das habe ich Lady Sybil am Sterbebett versprochen. Aber was bleibt denn dann noch? Damit habe ich mir doch künstlerisch mein eigenes Grab geschaufelt. Dort lege ich mich nun hinein, zusammen mit Lady Sybil.

Die letzten Hunde

Manchmal habe ich das Bedürfnis, so zu tun, als wäre ich ein ganz normaler Mensch. Mit Freunden, Bekannten, einem erfüllten Leben, echten Gefühlen außer Hass und Raserei und sogar einer Beziehung. Also einer Zweisamkeit, die einmal nicht nur darin besteht, dass man sich an der Bushaltestelle zufällig nebeneinander aufhält und eine Person – in meinem Fall ist es eigentlich immer die andere – irgendwann wortlos geht, bestenfalls vielleicht noch ausspuckt und dabei Verwünschungen murmelt. Da fragt man sich dann schon, wo das Problem dieser Leute ist: Müssen die denn selber etwa nie aufs Klo? Und wie kann es sein, dass Selbstbefriedigung im einundzwanzigsten Jahrhundert immer noch derart verteufelt und unter den Tisch gekehrt wird?

In jenen schwachen Momenten der Sehnsucht nach Anpassung und Harmonie möchte ich mir das nicht nur selber vorstellen, sondern auch meiner Umgebung vermitteln: Seht her, will ich zeigen, ich bin ganz normal, ich bin einer von euch. Ein weich gekochtes Ei zum Frühstück, Zahnseide, Telefongespräche, die man entgegen jeder Vernunft mit zeitraubenden Floskeln wie »Hallo« beginnt, ein stümperhaft selbst getöpfertes Schild an der Wohnungstür: »Hier leben, lieben und lachen Sieglinde, Dieter und Christel Meth.« Das ist wie Urlaub für mich, eine kurze Erholung von meiner anstrengenden Außenseiterexistenz. So wie der tapfere und kluge Lachs, der sich nach tausend Meilen Einzelkampf stromaufwärts nur für wenige Sekunden einfach treiben lässt: Oh, wie gut das tut! Die Leute haben ja keine Ahnung, wie seelisch ermüdend es ist, ihr ständiges Getuschel zu ertragen, ihre irritierten Blicke und nicht zuletzt auch ihre Angst und Abscheu.

Mein Experimentierfeld ist in solchen Fällen die Supermarktkasse. Sonst kenne ich ja niemanden, sonst gehe ich ja nirgendwo hin. Üblicherweise kaufe ich hier ein Messer oder ein Bier. In den meisten Fällen erwerbe ich jedoch gar nichts, sondern lasse nur in einem fort die abgestellten Einkaufswagen ineinanderkrachen. Doch heute soll mein Einkauf Normalität signalisieren. Schlau habe ich eine anrührende Normalo-Collection im Einkaufswagen zusammengestellt: Erdbeeren. Eine Flasche Crémant. Einen kleinen Blumenstrauß. Eine Zeitung. Verschiedene Zutaten, wie um ein richtiges Gericht daraus zu kochen. Beifallheischend blicke ich mich in der Schlange um und deute stolz auf meine Waren. Verziehe den Mund zu einer Art Lächeln, wie ich es auf einem Bild von Edvard Munch gesehen habe. Fast bin ich versucht, mit den Umstehenden ein Gespräch anzufangen, das sich nicht um Exkremente oder Tod dreht, lasse es dann aber doch, mangels Routine. Schließlich will ich ja eben gerade nicht auffallen.

Das scheint zu gelingen. Die Leute gucken gleichgültig. Nicht freundlich, nicht interessiert, aber immerhin gleichgültig – das ist schon ein Fortschritt. Als ich dran bin, erkläre ich der Kassiererin meine Einkäufe: »Hier Erdbeeren – ich bin ein Schleckermäulchen mit Herz. Ich liebe Süßes. In der Zeitung werde ich lesen, um mich über die Welt zu informieren. Das ist sehr wichtig, das ist wahnsinnig interessant. Und hier …« Munter lüge ich weiter das Blaue vom Himmel: »… Ich koche heute etwas, um es danach aufzuessen. Zusammen mit meiner Freundin. Ich habe nämlich eine Freundin. Für die ist übrigens auch der Blumenstrauß und der französische Fotzenfusel. Ich bin aufmerksam und lieb – ich habe mein Hirn an der Garderobe zur Hölle abgegeben. Wir laden Freunde ein. Also andere Arschlöcher, die wir kennen. Wir werden lachen und uns über gequirlte Scheiße unterhalten. Erdnüsse und Dias vom Sardinienurlaub. Ach, was bin ich froh!«

Ich bin mir sicher, dass ich keinen Fehler gemacht habe und absolut authentisch wirke. Wie so ein ganz normaler, langweiliger Gesellschaftsarsch.

»Das interessiert mich nicht«, sagt sie. »Ich weiß sowieso, dass alle hier lügen. Ihr seid allesamt einsamer als die letzten Hunde.«

Sie scheint doch etwas gemerkt zu haben, schade. Aber wodurch habe ich mich bloß verraten? War es der fortwährende Speichelfluss? Wie ich jetzt, vielleicht zu spät, bemerke, haben die anderen den ja nicht. Vielleicht hätte ich mir auch nicht die ganze Zeit über mit der Faust gegen die Stirn schlagen sollen? Aber gut, nur durch Fehler lernt man dazu.

Ein wenig beschämt packe ich meinen Kram ein, um das meiste später wegzuwerfen – nur den Pfeffer und die Petersilie werde ich zu Hause essen. Den Prosecco versuche ich draußen an die Penner zu verschenken. Sie wollen ihn nicht. Nicht von mir. In ihren Augen mischt sich Mitleid mit Verachtung.

Kindliche Begeisterung

Naturerlebnis I

Als wir vor unserer Datsche aus dem Auto steigen und einen ersten Blick über den Zaun aufs Grundstück werfen, ist die Freude bei Q. plötzlich groß: »Oh, guck mal, guck mal, guck mal: die schönen Tulpen! Die sind doch tatsächlich aufgegangen!«

Sie scheint begeistert. Aus der endlosen Kakophonie enthusiastischer Quieklaute filtere ich mühsam folgenden Begründungsextrakt: Vorigen Herbst hat sie ein paar Zwiebeln in den Erdboden gesetzt und nun stehen offenbar fünf Tulpen da, auch wenn ich die selbst nicht identifizieren kann – dermaßen auf Du bin ich mit der Botanik nun auch wieder nicht, ich bin ja nicht Bernhard Grzimek.

Ihre kindliche Begeisterung kann ich allerdings nachvollziehen. Schließlich erschöpfte sich, typisch Stadtmensch, ihre bisherige Einflussnahme auf den Fortlauf der Natur meist darin, sich angeekelt den Kot aus dem Haar zu wischen, den ihr eine Taube vom Dach herunter auf den Kopf geschissen hatte – eine im Vergleich eher passive Teilhabe am Wunder allen Seins. Nun steht sie auf einmal als Schöpferin im Mittelpunkt eines völlig neuen Naturgefühls, schenkt Leben und sieht es wachsen. Und all das auch noch im angenehm zurückgenommenen Rahmen einer Geburt light, bei der sie nicht die Frucht ihres Leibes unter Höllenqualen herauspressen muss, nur um erst jahrelang deren Kacke wegzuräumen, ihr später nicht bei den Mathe-Hausaufgaben helfen zu können und sie zu guter Letzt bis an beider Lebensende im Gefängnis zu besuchen.

Stattdessen hat sie einer unschuldigen Pflanze ans Licht der Welt geholfen, die niemandem von hinten in den Kopf schießt, um ihm 3,55 Euro abzunehmen. Okay, in diesem Fall wohl nur notgedrungen unschuldig, da es sich immerhin um Tulpen handelt. Lediglich ihr mangelndes Bewegungsvermögen bremst diese Ratten unter den Schnittblumen in der ungehemmten Entfaltung ihrer kriminellen Energie. Doch Hauptsache, sie können uns nichts tun – das ist unterm Strich, was zählt.

Im Garten muss eine Menge gemacht werden, alles wuchert, der Rasen steht hoch. Mit Rasenmähen fange ich erst mal an. Leider kann ich die Pflanzen bislang noch schlecht auseinanderhalten – Nutzpflanzen, Zierpflanzen, Unkraut –, wie gesagt ist es mit meinem einschlägigen Know-how nicht zum Allerbesten bestellt. Beim Mähen regiert folglich der schlampige Junggeselle Zufall sowie mein oberflächliches und dafür von keinerlei nutzwirtschaftlicher Konvention korrumpiertes ästhetisches Empfinden, beide unter der Schirmherrschaft einer rigorosen Abtreibungsmentalität.

Zack, da waren es nur noch vier! Zwei Stengelteile sowie ein aufgeblähter, leuchtend gelber Blütenkopf liegen auf

einmal zwischen all dem anderen abgemähten Pflanzen-
schrott herum. Ich schalte den Mäher aus und blicke mich
schuldbewusst um. Im Nachhinein kommt mir das nationale
Symbol, Staatsoberhaupt und Hauptnahrungsmittel unseres
geliebten Nachbarlandes nun doch wieder vage bekannt
vor.

Ich sehe Q. ein ganzes Stück entfernt die Hecke gießen,
mit dem Rücken zu mir gewandt. Ein wenig Grün steckt von
der Tulpe noch im Boden. Hastig kante ich das längere Sten-
gelstück hinein und fächere ein paar Blütenblätter kreisförmig
darum herum, die ich vorsichtig andrücke. Den überzähligen
Stengelrest sowie ein paar andere, nicht recht zuzuordnende
Trümmer lasse ich verschwinden. Zufrieden begutachte ich
mein Werk: Das sieht irgendwie voll realistisch aus, ich Dok-
tor Frankenstein der Flora hab nun selber was geschaffen. Q.
wird nicht das Geringste merken.

Die Märchenbande

Schon als Kind war ich ein richtig harter Bursche. Schlafengehzeit war automatisch Riot Time für mich – da kannte ich gar nichts, im Gegenteil: Ich zog dann immer extra meine Phleg Martens mit den schweren Daunenkappen an, um dem Sandmännchen aber mal so was von richtig in den Arsch zu treten, bis es sich winselnd im Fernseher verkroch. Erst dann ging ich gefährlich murrend zu Bett, um am nächsten Tag fit für die Straße zu sein.

Die Straße: Meine Freunde und ich waren auf ihr praktisch zu Hause. Wir waren zu fünft: »Rotkäppchen«, die so hieß, weil sie den Opfern am liebsten mit dem Hammer auf den Kopf schlug, bis nur noch blutiger Matsch zu erkennen war. »Dornröschen«, den alle so nannten, weil er sich regelmäßig stachelbewehrte Dildos in den After rammen ließ – Mutprobe, aber auch Lustgewinn. »König Drosselbart«, der von hinten seinen langen Bart um den Hals seiner Feinde,

meist wehrlose alte Omis, schlang und diese damit erdrossel-
te. Und, last but not least, »Aschenputtel«, die wohl berüch-
tigtste Brandstifterin im ganzen Land. Kein im Hausflur ab-
gestellter Kinderwagen war vor ihrer Pyromacke sicher, noch
nicht einmal der eigene. Mich selber kannte man nur als »Der
Messerschlumpf«.

Die Gang hatte es nicht leicht, denn das Leben auf der
Straße war zwar aufregend, aber voller Hindernisse: Einige
unserer Vorhaben muss man deshalb eher als dauerhaftes
Work in Progress betrachten, weil ihre endgültige Durch-
führung an der Verfügbarkeit des Materials (Hammer, Dildo,
Streichhölzer, Bart, Messer) scheiterte, doch eines Tages würden wir sämtliche Aktionen knallhart durchziehen. Das stand
für uns felsenfest.

Zunächst hatten wir uns ja eigentlich die *Märchenbande*
nennen wollen, wegen unserer Affinität zu Märchen, ins-
besondere zu grausamen und brutalen Märchen, also Märchen, die wir cool fanden und die auf diese Weise in unser Profil passten. Auch der Vorschlag *Die Heimlichen Fünf*
stand in der engeren Auswahl, doch wir fanden schließlich,
dass das nach Kinderkacke klang, und nannten uns die *Fucking Bastards*.

Irgendwie sahen wir uns als eine Art Old School Punks,
jedoch mit einem Einfluss aus Metal, einem kräftigen Sprit-
zer Satanismus sowie einer Biogurkenallergie, die sich aus
unserem gemeinsamen Hass gegen den Waldorfkindergar-
ten nährte. Mit Buntstiften hatten wir uns Embleme auf Papier gemalt und sauber ausgeschnitten, einen brennenden
Teufelskopf, den wir auf unseren Streifzügen hinten an die
Cordjacken hefteten, beziehungsweise Aschenputtel an ihr
legendäres Kleidchen mit den rosa Maikäfern. Die von der
Meierstraßenbande lachten uns zwar aus, das Abzeichen
würde aussehen wie Pumuckl mit seinen roten Haaren, und
nannten uns deshalb die *Pumucklbande*, doch wir weinten

daraufhin so laut und böse, dass sie ganz schnell wegrannten. Ein grandioser Triumph für die *Fucking Bastards*!

Wir besaßen alle völlig kaputte Backgrounds – das einte uns und machte uns hart. Drosselbarts Urgroßmutter war manchmal krank, Rotkäppchens Eltern hatten sich neulich gestritten und das Auto von Dornröschens Familie besaß keinen Allradantrieb. Meine Playstation wiederum stammte noch aus dem vorigen Jahr. Kein Wunder, dass wir tickende Zeitbomben in Gummistiefeln waren.

Am krassesten war allerdings Aschenputtel drauf. Sie war sogar von zu Hause ausgerissen, musste allerdings bis spätestens 18 Uhr wieder zurück sein, wenn der Dinkelquark auf dem Tisch stand. Was Unpünktlichkeit betraf, verstanden ihre Alten keinen Spaß – es konnte sogar vorkommen, dass sie ein bisschen schimpften. Das wiederum bedeutete, dass Aschenputtel bis dahin ihr Quantum an abgefackelten Buden erledigt haben musste, und das auch noch am helllichten Tag, was das Risiko nicht unbeträchtlich erhöhte.

Wir gingen ihr natürlich zur Hand, so gut wir konnten. Ehrensache, wir waren doch *eine Bande*, wir waren doch die *Fucking Bastards*. Also klingelte immer einer von uns an dem Haus, das Aschenputtel anzünden wollte, zwei standen Schmiere und einer fragte einen Erwachsenen nach Streichhölzern. Die bekamen wir zwar nie, aber das war nicht so schlimm, weil sowieso keiner aufmachte. Es war klar, dass sie sich vor der Gefahr verbarrikadierten, denn das ganze Viertel zitterte vor uns, spätestens seit der großflächigen Schutzgelderpressung an Halloween. Das machte aber nichts, denn wir konnten warten, wir hatten unendlich viel Zeit. Zur Schule gingen wir ja noch nicht.

Vomit, Noise & Stupid Questions

»You are entering the tourism sector«, steht auf den Hochbahn-viadukt an der Oberbaumbrücke gesprüht. Doch das stimmt nicht, denn man ist auf beiden Seiten der Aufschrift bereits mittendrin, in einer Art Party-Ballermann zwischen Kreuzberg und Friedrichshain. Scherben liegen auf Fahrradwegen, Grün-anlagen stinken nach Urin, Hauseingänge nach Kotze und ent-nervte Anwohner tun vor Lärm nachts kein Auge zu. Da wittert Bezirksbürgermeisterin Monika Herrmann (Grüne) Morgenluft. Nach ihrem bundesweit beachteten Debakel rund um die Flüchtlingsproteste nimmt sie mit den Touristen nun die nächs-ten Eindringlinge aufs Korn. Herrmanns Idee: Im Rahmen einer Broschüre für Berlinbesucher soll ein Verhaltenskodex mehr-sprachig um Rücksicht auf die Bewohner und verschiedene As-pekte der Sauberkeit und öffentlichen Ordnung bitten.

Ein guter Plan. Denn bei einigen Touristen ist die Bestür-zung groß, als sie zum ersten Mal die kleine Fibel mit dem

Arbeitstitel »Vomit, Noise & Stupid Questions« in den Händen halten. »Oh, mein Gott«, flüstert Cinderella Babies (23) aus dem australischen Darwin und ihre dunklen Augen füllen sich mit Tränen. »Dann sind die Locals ja traurig. Wegen mir. Wir stören sie. Das habe ich nicht gewusst. Ich fahre sofort wieder nach Hause.«

Auch John Lever (30) aus Wotzapp/New Jersey zeigt sich einsichtig. »Ich bin sehr dankbar für diese Informationen, denn natürlich möchte ich mich korrekt verhalten. In New Jersey ist es nun mal erlaubt, sich in die Eingänge und Vorgärten mit geraden Hausnummern – das sind die sogenannten ›Puke Numbers‹ – zu übergeben, während in die der ungeraden Nummern (›Pee Numbers‹) uriniert werden darf. Dass das in Berlin völlig anders geregelt wird, muss einem ja erst mal einer sagen. Aber jetzt macht das Eintauchen in die hiesigen Bräuche sogar richtig Spaß. Seit ich Bescheid weiß, gehört die Benutzung von Toiletten für mich zum echten Berlin Feeling dazu.«

Andere sind jedoch empört. Sie haben bezahlt, sie wollen was sehen. Und erleben. Denn zwar gibt es auf der Welt durchaus noch restriktivere Städte, in denen das Kopulieren und Koten an öffentlichen Orten tatsächlich ganz verboten ist. Doch gerade deshalb kommen die Leute ja auch ins vermeintlich libertäre Berlin. Zum Feiern und nicht wegen der lachhaften »Architektur«, der bösartigen »Menschen« und des ungenießbaren »Essens«. »Ich bin sehr enttäuscht«, befindet Rolph Alembe Ling (41) aus Nordkorea-Bissau. »Zwei Jahre habe ich auf das Ticket gespart, um einmal im Leben so richtig auf die Straße scheißen zu können. Und dann kommt diese Eva Herrmann und macht alles kaputt. Das hätte ich wirklich nicht gedacht. Bei uns zu Hause ist zwar das Denken des Wortes ›Homosexualität‹ sowie das Entblößen der weiblichen Pupille bei Todesstrafe verboten, aber was hier abläuft, spottet jeder Beschreibung. Dieser Verhaltenskodex ist doch eine verschärfte Weiterentwicklung der Nürnberger Gesetze.

Haben die Deutschen denn gar nichts aus ihrer Geschichte gelernt?«

Die meisten speziell der europäischen Touristen halten die Broschüre vor allem für skurril, weltfremd und daher wenig glaubwürdig. Das gilt nicht zuletzt für das von Herrmann postulierte Ruhebedürfnis der Anwohner. »Bei mir zu Hause in Neapel schreien alle Leute pausenlos die ganze Nacht«, gibt Maddalena Scolari (28) mit heiserer Stimme zu Protokoll. »Sobald auch nur eine Sekunde Stille herrscht, macht man sich Sorgen. Schlafen können die Leute doch tagsüber im Büro.« Sie schüttelt verständnislos den Kopf, bevor sie schreiend ihren Rollkoffer weiterzieht und dabei eine Bierflasche auf dem Radweg zerschmettert. Sie meint es nur gut, denn ein kampanisches Sprichwort besagt: »So viele Scherben du im Schlauch, so viel hast Kinder noch im Bauch.«

Die Franzosen wiederum irritiert an Punkt 5, »Liebe und Sex: Das Bett ist doch viel weicher als die fremde Hofdurchfahrt«, die protestantische Lustfeindlichkeit der Spaßbremsen, Sauertöpfe und Party Pooper aus dem Bezirksamt in der Yorckstraße. »Also ich sehe das ja eher als unverbindliche Empfehlung«, schmunzelt Monique Leroc (25) aus Parapluie-sur-Clochard. »Betten sind doch für Pussys. So krank können die Boches echt nicht sein, dass sie das ernst meinen. Übrigens kann sich so ein Hauseingang auch weicher anfühlen, als man denkt.«

Zumindest bei den geraden Hausnummern lässt sich ihr Urteil nachvollziehen.

King Kong und Godzilla

Wir haben Glück. Der Busfahrer für unsere heutige Fahrt nach Dambulla fährt für hiesige Verhältnisse vergleichsweise defensiv. Das bedeutet, dass man ihn in Deutschland zwar nach spätestens drei Minuten rausgeschmissen und zur eigenen sowie öffentlichen Sicherheit für immer ins Gefängnis geworfen hätte, er aber ausnahmsweise nur zu etwa neunzig Prozent lebensmüde zu sein scheint. Für einen Buddhisten ist das geradezu zaghaft, speziell im Vergleich zu seinen Kollegen, die sichtlich nach dem Motto agieren: Scheißegal – wenn das eine Leben aufhört, fängt eben das nächste an und die Reinkarnation bringt wenigstens ein wenig Abwechslung in den grauen Alltagstrott. Aber bei diesem funktionieren sogar die Bremsen einigermaßen.

Grundsätzlich herrscht auf Sri Lankas Straßen das Gesetz des Stärkeren. Das klappt erstaunlich gut, da jeder seinen Part zu kennen scheint. Die Fußgänger springen hurtig in den Graben, die Radfahrer nehmen die Möglichkeit ihres Todes so gleichmütig hin wie die des nächsten Regenschauers. Motorräder und Tuk-Tuks weichen den PKWs aus und die wiederum den ganz oben in der Fresskette stehenden Bussen.

Busfahrer treten das Gaspedal permanent durchs Bodenblech. Mit ihren uralten Blecheimern überholen sie gnadenlos in Kurven, Serpentinen und in überfüllten Innenstädten, im Überholverbot und bei Gegenverkehr. Oft bleibt den Entgegenkommenden nur noch, auf die Böschung auszuweichen und anzuhalten. Aber auch das funktioniert wie gesagt ganz gut. Bis auf einen Fehler im System: Die Pattsituation nämlich, die entsteht, wenn sich zwei Busse entgegenkommen. Ich vermute, die häufigste Todesart in Sri Lanka ist, in einem Bus zu sitzen, der frontal mit einem anderen Bus zusammenstößt. Die zweithäufigste Todesart dürfte sein, in dem anderen Bus zu sitzen.

Theoretisch wären auch die LKWs schlimm. Doch in der Praxis sind die meisten von ihnen derart lahm und gewöhnlich auch noch bis zum Rand mit Wackersteinen beladen, dass sie einfach nicht genug Geschwindigkeit aufnehmen, um das gewünschte Ausmaß an Verheerung anrichten zu können. Allerdings hatten wir auch mal ein legendäres halbstündiges Überholgefecht zwischen einem ganz offensichtlich massiv unter Drogen stehenden Busfahrer und einem recht rüstig wirkenden Tanklastzug mit hochexplosivem Flüssiggas. Ein Kampf wie zwischen King Kong und Godzilla. Bei jedem Manöver fuhr der Bus so dicht auf oder, den Gegenverkehr rücksichtslos beiseitepflügend, vorbei, dass außer der riesigen »Highly Inflammable«-Aufschrift auf dem roten Tank praktisch nichts mehr zu sehen war, um direkt nach erfolgreichem Überholvorgang an einer Haltestelle zu stoppen, dort vom Lastzug gleich wieder überholt zu werden und das Abenteuer daraufhin von vorne zu beginnen.

Die schwächsten Verkehrsteilnehmer sind die Hunde. Erstaunlich viele Hunde haben hier erstaunlich wenig Beine. Also oft nur drei. Wo Katzen sieben Leben haben, haben Hunde nur vier Beine. Tendenz abnehmend. Weniger als drei sehe ich allerdings nie – ich denke mal, dass die Hunde mit zwei, einem oder gar keinem Bein lieber zu Hause bleiben. Aber nicht etwa, weil sie aus Erfahrung klug geworden wären, sondern weil die Fortbewegung ab einer Anzahl unter drei Beinen einfach zu beschwerlich wird, und »auf einem Bein kann man nicht stehen«, wie ja schon der Zecher weiß.

Natürlich trifft die Hunde die geringste Schuld an ihrem harten Los. Doch es fällt schon auf, wie lässig und im allerletzten Moment sie vor den herandonnernden Fahrzeugen zur Seite schlendern. Das ist meist gut auf Kante berechnet, aber eben doch nicht immer. In diesem Punkt muss man die, ich sachma der Einfachheit halber, Vierbeiner auch mal selbst in die Verantwortung nehmen. Denn cool zu wirken ist ihnen offensichtlich wichtiger als die eigene Unversehrtheit – eine Einstellung, die, sehe ich mir am Strand die Surfer an, wohl nur ein junger Mensch verstehen kann.

Das Karma erzeugt bekanntlich den Kreislauf der Wiedergeburten. Ob in der Folge die Hunde regelmäßig zu Busfahrern und die Busfahrer zu Hunden werden, oder ob sich ein Ringtausch mit den Surfern ergibt, bliebe noch zu klären.

Generalstreik

Schau an, nun streiken also die Wohnungsmakler, da sie die Vermittlungskosten in Zukunft nicht mehr vom Mieter einfordern dürfen. Ein ängstliches Raunen geht durchs Land. Werden die Makler auch auf die Straße gehen? Werden wir nun ähnliche Szenen wie bei »Hooligans gegen Salafisten« in Köln erleben, bloß diesmal mit marodierenden Maklern, die betrunken Häuser umwerfen, vor denen sie sich anschließend triumphierend selber fotografieren? Wo sollen wir dann in Zukunft wohnen?

Vom Ausstand der zeigefreudigen Hehler ermutigt, beschließen andere, ebenfalls minder gut beleumdete Berufsgruppen, nachzuziehen. So streiken seit zwei Tagen auch die Straßenpsychopathen. Die verrückte Alte, die sonst täglich um die Mittagszeit schreiend über den Hermannplatz zieht und entgegenkommende Passanten, die Regierung, Homosexuelle sowie Andersdenkende jeder Couleur beleidigt, hat die Arbeit niedergelegt.

»Die ›Verrückte Alte‹ ist ein Konzept, an dem ich jahrelang gefeilt habe«, empfängt mich Gundula Scholz (68) in ihrer Wohnküche. »Den ersten Entwurf, das Start-up, die zahlreichen Fort- und Weiterbildungen in den besten Nervenkliniken: Diesen Grundaufwand bezahlt uns keiner.« Während die emeritierte Philosophieprofessorin ihre Fußnägel sorgfältig in einen Mixer schneidet, konkretisiert sie die Forderungen des Bundesverbandes der Deutschen Durchgeknallten (BVDD): Entlohnung nach BAT II, Urlaubsgeld, dreizehntes Jahresgehalt und freie Wahl des Standplatzes. Um zu betonen, wie wichtig ihr eine journalistische Würdigung der Problematik ist, bedroht sie mich »verfickten Schweineschreiber« beim Abschied mit dem Tranchiermesser. Unentgeltlich. Ist das schon Korruption?

Auch die Bettler streiken. Erst an deren Verschwinden aus dem Stadtbild bemerken wir auf einmal ihre Bedeutung für den individuellen Glückshaushalt. Fühlte man sich gut, gab man einem Bettler einfach einen Euro und fühlte sich noch besser. Wähnte man sich nutzlos, so sorgte das Almosen beim Spender wenigstens für eine kurze Ahnung eigener Existenzberechtigung. Solange die Bettler ihre Arbeit ruhen lassen, liegt das wichtige Feld der Sozialhygiene allein in der Hand von Gurus, Kirchen und Kneipenwirten. Das kann keiner wollen.

Das eigentlich gerechte Ansinnen erhält jedoch einen schalen Beigeschmack. So fasst Horst Beutelschulze (51), Vorstand der Deutschen Gewerkschaft der Bettler (DGB), das fragwürdige Solidaritätsverständnis seines Berufsverbands zusammen: »Unser Protest richtet sich gegen die Konkurrenz durch ausländische Bettler und ganz allgemein das niedrige Lohnniveau.« Er bekräftigt den Durchhaltewillen seiner Mitglieder. »Wir haben einen langen Atem. Zur Not, bis das ganze Land winselnd am Boden liegt.«

Da liegt es allerdings schon, seit die Straßenmusikanten streiken. Wir sitzen vor dem Café Morgenlatte am Kollwitzplatz und warten auf die professionellen Nervtöter. Doch keiner kommt. Es ist, als würden die Vögel nicht mehr singen – eine vorapokalyptische Atmosphäre prägt diese Dorfidylle mitten in der Stadt. Müssen wir uns jetzt etwa miteinander unterhalten? Dann kochen doch bloß die ganzen Probleme wieder hoch.

Sonst schützen uns davor die Straßenmusikanten oder auch »Krachbettler«, wie man sie gern zur Unterscheidung von den beliebteren »Stillbettlern« nennt. Ihr Lärm bot stets eine Ausrede zum Schweigen und zugleich ein gemeinsames Feindbild: Einvernehmlich verdrehte man die Augen ob der Belästigung, zwinkerte einander zu und murmelte etwas von »Zumutung«, »Die schon wieder«, »Wenn er wenigstens spielen könnte«, »Hoffentlich sind die bald wieder weg« oder den Klassiker: »Vielleicht geben wir ihm was dafür, dass er schnell wieder aufhört.« Höhö hier, höhö da. Für wenig oder gar kein Geld verschafften sie der Kundschaft zuverlässig das wohlstandsbräsige Gefühl des Wir-dort-oben und Ihr-dort-unten.

Um den Forderungen nach »mehr Respekt, vom Staat bezahlten Instrumenten und kostenloser Weiterbildung an der Musikhochschule Hanns Eisler« Nachdruck zu verleihen, hat sich eigens der Bund Deutscher Straßenmusikanten (BDSM) gegründet, ein Zweckbündnis aus IG Metal, IG Mariachis und IG Panflöte. Das herausragende Anliegen des neuen Berufsverbands liegt jedoch darin, den erwarteten Zustrom neuer Musikanten mit Nasenflöte, Triangel und Hundepfeife zu stoppen: In Kürze drohen nämlich zehntausend Makler den ohnehin schon engen Markt zu überschwemmen.

Den Schreibern der unwichtigen Seiten

Der Balkonstuhl ist am Vorabend nass geworden.

»Warte mal«, sage ich und greife nach der Sonntagszeitung. »Leg doch einfach einen Stapel von den unwichtigen Seiten unter.«

Ich reiche Q. »Karriere«, »Reisen« und noch irgendwas, das nie jemand liest. Die unwichtigen Seiten eben. Dann erst denke ich nach: Was, um Gottes willen, mache ich hier eigentlich? Wichtige Seiten – unwichtige Seiten: Unterhalb dieser menschenverachtenden Schubladen in meinem offenkundig reichlich braunen Gedankenmöbel befinden sich doch nur noch diejenigen für »wertes« und für »unwertes« Leben.

Auch die unwichtigen Seiten werden doch schließlich von gut ausgebildeten Menschen geschrieben, mit ihrem ganzen Herzblut und voller Elan. Es sind Menschen wie du und ich, mit Ängsten, Sehnsüchten und nicht zuletzt dem Recht auf Würde und Anerkennung. Um die unwichtigen Seiten zu schreiben, überwinden die Schreiber der unwichtigen Seiten tapfer alle inneren und äußeren Widerstände. Mit vor Müdigkeit roten Augen pressen sie des Nachts im flackernden Kerzenschein ihre Hirne und Seelen aus wie Zitronen. Nebenan schreit das Kind.

»Sch … sch …«, versuchen die Schreiber der unwichtigen Seiten den quäkenden Säugling zu beruhigen und ihn zurück in den Schlaf zu wiegen. Das dauert. Kein Wunder, denn das Kind ist hungrig. Schlaff hängt die leere Brust, denn Hunger quält auch die Schreiber der unwichtigen Seiten. Unwichtige Zeilen werden schlecht bezahlt.

Am Ende schläft das Kind doch wieder ein. Glück im Unglück, denn der Artikel muss noch heute Nacht fertig werden – auch unwichtige Seiten haben Termine, knappere sogar als die wichtigen. Kurz schweift der müde Blick aus dem Fenster der abbruchreifen Plattenbauwohnung im dreizehnten Stock über die nächtliche Stadt: In der Ferne ist es überall dunkel. Dort, in den besseren Häusern, aalen sich die Schreiber der wichtigen Seiten champagnerschwer in ihren weichen Daunen: Politik, Sport, Kultur. Weit über all den Villen thront schwarz am Hang das riesige Schloss des Schreibers der wichtigsten Seite von allen: der mit den skurrilen Todesfällen, Filmstartrennungen und kriminellen Königskindern.

Licht dagegen herrscht in den nahen Heimstätten der Schreiber der unwichtigen Seiten – sie alle müssen noch arbeiten: so auch nebenan, in der Baracke des Machers der Motor-Beilage. Gleichfalls geschäftig flackert es unter der Wohnbrücke des Wirtschaftsredakteurs. Am hellsten leuchtet jedoch die Hütte des Immobilienteilverfassers. Genauer gesagt brennt sie lichterloh und mit ihr der arme Autor, der soeben von der Existenz des Internets erfahren hat.

Schwermütig kehren die Schreiber der unwichtigen Seiten zurück an die Arbeit: Ein Reisebericht voll blühender Fantasie über eine Gegend, in die die Schreiber der unwichtigen Seiten nur allzu gerne mal fahren würden. Aber das Geld reicht ja noch nicht mal für den Bus zum Kinderarzt, geschweige denn für diesen. (In diesem Moment stirbt das Kind.)

Müßig ist die Frage, warum die Schreiber der unwichtigen Seiten stattdessen nicht einfach die wichtigen Seiten schreiben. Wenn das Schicksal mit rauem Ruf uns alle nebeneinander auf dem Kasernenhof des Daseins antreten lässt und mal mit spitzem, mal mit weichem Finger auf uns zeigt, um uns die weitere Bestimmung zuzuweisen, hilft nun mal kein Hadern. Denn der eine ist sehend und der andere blind, der eine ist reich und der andere arm, der eine schreibt die wichtigen und der andere die unwichtigen Seiten.

Sie haben es sich nicht wirklich ausgesucht und unseren Hohn beim besten Willen nicht verdient. Seien wir doch lieber froh und dankbar, dass es sie gibt, wie es den Geier gibt und die Ratte, die Wespe, die Zecke und die FDP. Sie alle erfüllen einen wichtigen Zweck, und sei es nur der, dass wir selber uns nützlicher und besser fühlen können. Daran sollten wir jedes Mal denken, wenn wir mit den unwichtigen Seiten unsere durchnässten Schuhe ausstopfen, einen Fisch einwickeln oder uns im Wald den Arsch abwischen.

Die Sprache ist voll

Wegen der Aufnahme »lächerlicher Angeber-Anglizismen« erhält der Duden vom Verein Deutsche Sprache (VDS) den Titel »Sprachpanscher des Jahres 2013«. Der VDS-Vorsitzende Walter Krämer vermisst verbindliche Sprachregelungen, die aus dem Laptop den »Klapprechner« und aus dem Stalker den »Nachsteller« machen.

Damit steht Krämer nicht allein da. Stimmgewaltige Unterstützer gegen diese »unnötige Verdrängung deutscher Begriffe« demonstrieren vor dem Verlagshaus in Alt-Treptow. Die Menge ist aufgebracht. Transparente fordern in Fraktur und Sütterlin: »Deutsch den Deutschen!«, »Sofortige Heimführung sämtlicher Anglizismen!«, »Wider die Verdudung der deutschen Sprache!« sowie »Todesstrafe für Sprachschänder!«

Unter lautem Johlen und »Goethe! Goethe!«-Rufen wird ein Duden verbrannt, als sich herumspricht, dass Duden-

Chefredakteur Werner Scholze-Stubenrecht vor den militanten Sprachschützern in Venezuela untertauchen musste. Geduckt versuchen sich junge Nerds seitlich an dem Mob vorbei aus dem Gebäude zu schleichen, bevor die bereits züngelnden Flammen eine Flucht unmöglich machen. Einer wird entdeckt, bespuckt und verprügelt. Verzweifelt versucht er unter den Rufen »Das ist ein Apfel-Klaprechner MacBuch Luft!« mit seiner Notebooktasche den Kopf gegen die Schläge zu schützen. Doch vergeblich. Ein Strick wird über eine Straßenlaterne geworfen und Sekunden später baumeln die zuckenden Beine des Sprachverderbers in der dicken Berliner Luft.

»Das geschieht ihm recht«, sagt Heinrich P. (71) grimmig. »Die deutsche Sprache muss rein bleiben. Sonst kennt sich am Ende gar keiner mehr aus.« Der pensionierte Deutschlehrer, der eigens für die Kundgebung »mit dem Zwischenstadt-Schnellzug« aus Braunschweig angereist ist, begründet seine Haltung näher: »Fremde Wörter stinken nach einer Welt, die wir nicht verstehen. Eine Welt, in der der Inzest regiert, der Müll einfach aus dem Fenster geworfen, auf den Bürgersteig gekotet und die Hauskatze zu scharfer Knoblauchwurst verarbeitet wird.«

Dabei ist er kein rückständiger Technologiefeind – auf diese Feststellung legt der Rentner, wohl aus schlechter Erfahrung, Wert: »Ich habe sogar ein eigenes Gewebelogbuch im Zwischennetz, in dem ich auf die Gefahren von Anglizismen und Welschwörtern hinweise.«

Ein kurz geschorener Nebenmann, der sich als »Besitzer einer Farbballhalle« in Vorpommern vorstellt, ergänzt: »Wir können nicht jeden Anglizismus bei uns aufnehmen, wir haben doch jetzt schon kaum noch Platz für unsere eigenen Wörter. Und die gehen nun mal vor. Die deutsche Sprache ist voll. Da können die Gutmenschen noch so heulen. Wir müssen aufpassen, dass deutsche Wörter nicht komplett an den

Rand gedrängt werden und ihre Bedeutung an die Fremd-wörter verlieren. Außerdem wollen uns die Fremdwörter unsere Frauen wegnehmen. Sie reden ihnen ein, sie wären ›hot‹ und die dummen Dinger finden auch noch, dass das gut klingt. Die deutsche Frau kann ja nicht selber denken, sie ist schließlich zum Gehorsam bestimmt.«

Sein Vokabular kommt uns irgendwie bekannt vor. Doch ehe wir nachhaken können, hat er unsere Gedanken schon erraten und weist den Verdacht einer rechtspopulistischen Einstellung weit von sich:»Ich hab doch gar nichts gegen Fremdwörter. Die sind ja nicht schlecht an sich und mögen in ihren Herkunftsländern sogar durchaus ihren Nutzen haben. Sie sollen einfach nur dort bleiben, wo sie sind. Wir fahren jederzeit gern im Urlaub dahin und hören uns die da an, wo sie eben hingehören.«

Doch es gibt auch einige wenige Gegenstimmen.»Ich bin seit vielen Jahren Stalker«, gesteht Herbert B. (42), der aus sicherer Entfernung die Protestierenden beobachtet.»Und das aus vollem Herzen. Aber ich bin kein Nachsteller – so was gibt es vielleicht bei der Di Äitsch El.« Er schüttelt sich und schlägt den Kragen mit dem selbst umgeschriebenen Etikett seiner Jakob-Wolfshaut-Außentürjacke hoch. Auffallen will hier keiner.

Die Angst des Eismanns vorm Elfmeter

»Willst du ein Eis?«, frage ich.

»Wir haben gerade erst gefrühstückt«, sagt sie.

»Aber du willst doch ein Eis«, sage ich.

»Eigentlich nicht«, sagt sie.

»Ich spendier dir auch eins«, sage ich.

»Danke«, sagt sie, »aber ist echt nicht nötig. Ich will ja gar keins.«

»Komm«, sage ich. »Ich würde mir dann auch selber eins kaufen.«

»Die Schlange ist aber ziemlich lang«, sagt sie.

»Ich will aber ein Eis«, sage ich, und wir stellen uns an, hinter den wenigen Kindern und den vielen Erwachsenen.

»Ich will aber ein Eis« zu sagen fühlt sich auf nostalgische Weise regressiv und damit einfach verdammt gut an. Man zerrt das ohnmächtig bettelnde Gequengel aus den Tiefen der eigenen Kindheit hervor, verfügt aber gleichzeitig über die Macht und die Mittel, sich den Wunsch beliebig zu erfüllen.

Für Erwachsene ist das Eis ein Elfmeter, bei dem der Torwart an den Pfosten gefesselt ist. Sie können Geld von der Bank abheben und sich fünftausend Kugeln Eis kaufen. Sie können sich einen Kredit erschwindeln oder sich prostituieren. Sie können sich einer Söldnerarmee anschließen, ein Land überfallen, das über große Speiseeisreserven verfügt und sich das Eis mit Gewalt einverleiben, viele tausend Kugeln, und danach die Eisdiele niederbrennen.

Die meisten verdienen sich ihr Eis jedoch mit typischen, schwer begreiflichen Erwachsenenberufen. Sie sitzen an aufgeräumten Schreibtischen, gucken wichtig und controllen irgendwas. Neben dem Computer steht ein kleines Schälchen mit nach Farben sortierten Büroklammern. Mit den gelben Büroklammern heften sie Lügen und Halbwahrheiten aneinander, mit den grünen Anweisungen zur endgültigen Vernichtung der Umwelt und mit den roten Waffenbestellungen von Kriminellen aus Krisengebieten. Ordnung ist der halbe Tod …

… und so ein Leben schon ein wenig traurig. Kein Wunder, dass unser Verlangen groß ist, die unbeschwerte Kindheit wieder aufleben zu lassen. Noch einmal wollen wir die unschuldige Freude über ein Eis nachempfinden. Deshalb spürt man auch die Ungeduld gegenüber den wenigen Kindern in der Schlange: »Was wollt ihr, ihr seid doch schon echte Kinder. Wir aber brauchen das Ritual.«

Ich schubse zwei kleine Mädchen, die zu lange brauchen, sanft beiseite und schiebe mich an den Tresen vor. »Ich will ein Eis«, sage ich. Und spüre nach, wie sich meine Worte anfühlen. Hm. Banal. Unbefriedigend. Es ist nicht mehr dasselbe. Früher hatte man es nämlich nicht in der Hand. Als Kind bettelte man um das Eis. Das war der Unterschied, das verknappte das Gut und machte es wertvoll. Darüber, ob man es bekam, entschieden andere. Doch heute taugt das Eis nicht mehr zum Symbol für abgegebene Verantwortung, die Wonnen der Unmündigkeit sind irreversibel dahin. Der Führer ist tot. Wir können uns jederzeit ein Auto kaufen, Sex oder Drogen. Doch wir wollen unbedingt ein Eis. Nicht, weil es so gut schmeckt, sondern weil in uns ein längst sinnentleerter Sehnsuchtsimpuls weiterlebt. Auch wenn das hier tatsächlich das beste Eis der ganzen Stadt ist.

»Zey make it himself«, versucht hinter uns ein junger Mann seinen ausländischen Gästen zu erklären, dass das Eis hier hausgemacht ist. So verstehe ich ihn jedenfalls. Die Freunde lachen. Ob sie ihn verstanden haben oder sich nur wie Kinder auf das Eis freuen, weiß ich nicht.

Mein Block

Die Frau ist mächtig sauer. Das schließe ich aus ihrem Aushang im Hausflur, von dem aus ein Pfeil auf ein daneben an die Wand geklebtes, aufgerissenes Päckchen weist.

WELCHES ARSCHLOCH KLAUT HIER PAKETE AUS DEN BRIEFKÄSTEN? ICH WILL DEN INHALT WIEDER! WAS WILLST DU ARSCH SCHON MIT KUNSTPOSTKARTEN?

Ich glaube jedenfalls, dass sie sauer ist. Für so etwas habe ich einen siebten Sinn. Meine Menschenkenntnis und mein Fingerspitzengefühl befinden sich seit jeher in einem zähen Ringen miteinander um die Poleposition im Line-up meiner edelsten Charakterzüge. Wenn meine Freundin weint, weiß ich zum Beispiel, dass sie traurig ist. Oder enttäuscht. Oder ängstlich. Oder wütend. Oder verzweifelt. Also irgendein Mist eben. Aber keinesfalls fröhlich. Wenn ich nicht gerade Fußball gucke, frage ich manchmal nach. Anschließend weiß ich es genau.

Leute, die schreien, zeigen mir wiederum: Die haben recht. »Wer schreit, hat unrecht«, ist nur Lügenpropaganda einer Lobby der Leisetreter. Beweis: Nur wer sich vollkommen sicher im Recht weiß, kann es sich schließlich leisten, das derart laut herauszubrüllen. Sonst wäre er ja doof.

Überdies vermag ich zwischen den Zeilen zu lesen und aus der Anklage scheint mir beträchtliche Verbitterung zu sprechen. Auch Menschen, denen Kunstpostkarten geschickt werden, besitzen eine Seele. Das glaubt man ja oft gar nicht und darin dürfte auch der Irrtum des mutmaßlichen Diebs gelegen haben: »So eine stumpfe Kunstpostkartensau«, wird er sich gedacht haben, »ist zu einer echten Verlustempfindung doch überhaupt nicht fähig. Die merkt das sicher gar nicht. Da nehme ich die Ware lieber an mich und betrachte sie liebevoll in meinem Kämmerlein. Da ist sie doch in weit geeigneteren Händen.«

Doch ganz im Gegenteil. Sie hat das voll gemerkt. Und sie ist der Meinung, dass die Karten bei ihr besser aufgehoben sind – als Indiz mag auch ihr Name auf dem Päckchen gelten. Um dieser Meinung eine Stimme zu verleihen, die sich dem Adressaten auch vermittelt, hat sie die Anrede »Arschloch« bzw. »Arsch« gewählt.

Sie müht sich redlich, sich in ein Milieu hineinzuversetzen, das nicht ihres ist. Genau das ist nämlich der Knackpunkt hier im Haus. Es befindet sich im letzten halbwegs ursprünglichen Block einer ansonsten stark mit galoppierender Gentrifizierung befallenen Straße. In unserem Haus hören einige Unbeugsame nicht auf, dem Eindringling Widerstand zu leisten. Sie schmeißen mir von oben Kippen auf den Balkon und volle Windeln aus dem Fenster, die nun im Geäst des Hofbaums baumeln. Die zugezogenen netten jungen Leute halten das für eine Kunstaktion, ein starkes Statement, das die Rolle der jungen Familie in unserer Gesellschaft augenzwinkernd vertikal zitiert, vielleicht. Und dann noch diese lustige interaktive Performance bei den Briefkästen. Berlin ist schon echt geil.

Der Bevölkerungsaustausch befindet sich hier in seiner dynamischsten und spannungsgeladensten Phase. Ein Clash der Kulturen, Mentalitäten und Ausdrucksformen. Da bleiben Versuch und Irrtum zwangsläufig Dauergäste der Verständigungsbemühungen. »Wenn ich ihn Arschloch nenne«, denkt gewiss die Dame, »wird er das als Entgegenkommen empfinden, weil ich mit ihm in seinem eigenen Idiom verkehre. Da wird er gewiss gleich freudig zu mir hochtraben und mir meine Kunstpostkarten, zum Rosenmuster aufgefächert, auf einem Silbertablett zurückbringen. Der Arsch.«

Der Täter aber denkt womöglich ganz was anderes. Wenn er überhaupt etwas denkt. Auf den Kunstpostkarten auf seinem Küchentisch ist Kunst abgebildet. Da steht er ja eigentlich nicht so wahnsinnig drauf. Was zum Essen wäre ihm lieber gewesen. Schade. Betrübt wirft er die Beute in den Müll.

Dem Frohsinn in die Fresse

Eine Dreiviertelstunde vor Beginn empfängt mich im Backstage-Bereich zunächst Leere.

»Hallo? Haallooo??«, rufe ich, doch es antwortet nur der unheimliche Widerhall meiner eigenen Worte. Am Ende des unbeleuchteten langen Kellergangs mache ich schließlich einen schwachen Schimmer aus. In einem halbdunklen, schäbigen Zimmerchen kauert der veranstaltende Kollege und stochert lustlos in einem Thai-Gericht. Kaum hebt er zur Begrüßung seinen müden Blick und wispert: »Möchtest du nicht auch manchmal tot sein?« Offenbar eine rhetorische Frage, denn ohne eine Erwiderung abzuwarten, würgt er resigniert ein Stück kaltes Huhn zurück in die Aluschale. In diesem Moment ahne ich bereits, dass der bevorstehende Abend ein Feuerwerk der guten Laune wird.

Nach und nach trudeln die anderen Kollegen ein und versammeln sich schweigend um den Tisch. Stockend besprechen wir den Ablauf. Dem einen oder anderen schimmern feucht die Augen, uns allen ist kalt, von innen wie von außen. An der Wand tickt erbarmungslos die Uhr. Als es Zeit wird, nach oben zu gehen, mahnt der Chef mit Grabesstimme zum Aufbruch: »Wir müssen, es hilft nichts …«

Wer kann, stützt den leise wimmernden Mann; die Musiker schleifen fatalistisch ihre Instrumente hinter sich her wie Pestknechte die Leichen: Oboe, Bratsche und Mollpiano. Als wir uns tastend auf die Bühne schleppen, ertönt im halbleeren Saal zögerlicher Beifall. Mitleidige Augen starren uns an, wir senken den Blick, es ist kaum zu ertragen.

Nach ein paar gestammelten Entschuldigungsworten des von einem jahrelangen Todeskampf sichtlich gezeichneten Moderators beginnt die Show. Die drei traurigen Clowns August, Ernst und Bluter streiten sich mit tragikomischer Hoffnungslosigkeit laut schluchzend um die Seite mit den Todesanzeigen im Tagesspiegel. Sie haben die Nummer sichtlich nicht geprobt, doch machen dieses Manko allemal durch Tiefe wett. Am Ende des Auftritts verbrennen Ernst und August die Seite über einer Kerze, während sich Bluter mit einer Rasierklinge bedächtig Schnitte an Armen, Beinen und Genitalien zufügt. Zahlreiche Zuschauer verlassen bereits jetzt fluchend den Saal. Sie haben genug gesehen.

Nach einer Musikeinlage, die im Wesentlichen aus entsetzlichen Klagelauten besteht, bin ich selber dran mit meinem Text über ein depressives Waisenkind, das in der Nacht von Aschermittwoch auf Karfreitag Selbstmord begeht. Vereinzeltes hysterisches Lachen, als ich statt »Schlaftabletten« aus Versehen »Schaftabletten« lese, doch ich verbessere mich rasch. Eisiges Schweigen belohnt meinen Vortrag exakt so, wie er es verdient und wie ich es verdiene. Ich bin Dreck und ich weiß es. Wie alle hier auf der Bühne.

Als der Kunsträusperer seinen Auftritt hat, ist die Stimmung längst komplett am Boden. In diesen hinein schaufelt er noch ein tiefes Loch, damit sie weiter sacken kann. So bereitet er perfekt das Feld für die Memoryspieler, die, völlig uneinsichtig für das Publikum, ihre grauen und schwarzen Karten ausbreiten. Stumm und ohne jeden Erfolg spielen sie eine Dreiviertelstunde bis zur Pause, die auch noch von den letzten Zuschauern zur Flucht genutzt wird.

Schade, denn so verpassen sie den absoluten Tiefpunkt des Abends: einen lustlosen, uncharmanten und völlig unvorbereiteten Diavortrag mit zur Unkenntlichkeit verwackelten Aufnahmen leerer Pizzaschachteln. Fast zwischen jedem seiner gestotterten Worte würgt der graugesichtige Pfuscher keuchend kleine Bröckchen seiner Thai-Mahlzeit hoch. Brokkoli, Bambussprossen und noch mehr vom kalten Huhn. Am Ende weinen alle. Das Licht ist da schon lange aus.

Sinnloser Schrott

Auf der Befestigungsmauer über dem Strand von Puerto de Tazacorte hockt auf Freak-Art ein Freak und bemalt Steine: Freak Art eben. Leute gehen vorbei, Touristen, in der Mehrzahl Rentner und junge Frauen, eine eigenwillige Kombination. Sie sprechen den Freak freundlich an, was er da mache (er bemalt Steine) und wie interessant das doch sei (Steine zu bemalen) und wie schön (bemalte Steine). Zu viel Erholung lässt die Geistestätigkeit erschlaffen. Urlaub macht dumm. Das weiß der Freak – er lebt hier seit Jahren – und er nutzt es aus.

Anders könnte es auch nicht funktionieren. Denn ohne den Keulenschlag der Dummheit bliebe schließlich jedermann im festen Besitz der Kenntnis, dass Mutter Natur doch weiß, warum sie ihre Söhne Stein, Fels und Brocken so und nicht anders geboren hat: Nicht im buntscheckigen Gewande, nicht mit Augen, Nas' und Ohren, nicht weich, sondern hart, und anstatt mit mannigfaltigen Fähigkeiten zu Gesang,

Spiel und Tanz nur mit einer einzigen, wenngleich dafür stets zuverlässigen: eins ans andere die Erdoberfläche zu einem einbruchsicher begehbaren Teppich zu fügen.

Das Geschäft läuft gut. Meist genügen ihm wenige Minuten scheinbar müßigen Geplauders, um die Urlauber glauben zu lassen, es verfeinere noch ihr Urlaubsfeeling, kauften sie sich einen völlig überteuerten (eigentlicher Wert 0,00 Euro) bemalten Stein. Erst zurück im kalten Land werden sie auf einmal feststellen, was sie da eigentlich gekauft haben, nämlich einen bemalten Stein. Was für ein sinnloser Schrott! Nun fällt es ihnen wie Schuppen von den Augen. Was kann man damit anfangen? Nichts. Oh weh. Mit einem bemalten Stein kann man überhaupt nichts anfangen. Man kann ihn nur wegschmeißen. Was sie in diesem Moment zum Glück nicht hören: Unheimlich hallt des Nachts das hässlich meckernde Gelächter des Freaks von den Wänden seiner Wohnhöhle auf La Palma wider.

Blöd ist er nicht. Er investiert einen Teil des eingenommenen Geldes gleich wieder ins Geschäft: in die teure Steinfarbe (ein hochgiftiger Speziallack), Klebstoff für die Dreadlocks, violette Schnürpluderhosen sowie Trainingsstunden für den wohlgestalten, wie zufällig stets entblößten Oberkörper. Rentner und junge Frauen danken es ihm.

Seine Sanftheit ist nur gespielt – da bin ich mir sicher. Eine Maske, die er sich eigens für sein Gewerbe zugelegt hat. Es stünde einem Steinebemaler am Strand nicht gut an, mit kurz geschorenen Haaren und Thor-Steinar-Kapuzenjacke offensiv Druck auf die potenziellen Käufer auszuüben. Das konterkariert ihre Erwartungen, die Kauflust sinkt. Also macht er gute Miene zum bösen Spiel und spielt den lässigen Freak.

Die Urlauber denken, dass er glücklich ist. Dabei langweilt er sich schier zu Tode. Freundlich schwatzt er mit der weißhaarigen Engländerin, doch das als Small Talk in der Sonne getarnte, knallharte Verkaufsgespräch läuft quasi auf Autopilot, während in seinem Kopf die immer gleiche Gedankenmühle aus Hass und Verzweiflung mahlt. Lieber früher als später würde er seine bemalten Steine ins Meer oder, besser noch, den Touristen an den Kopf schmeißen und in die Heimat (Kassel?) zurückkehren. Wie er die vermisst! Endlich wieder grobe Mettwurst anstatt wie seit Jahren schon nichts als Bananen und Dosen mit »Calamares en salsa americana«.

Doch er kann nicht. Hier ist er wenigstens in Sicherheit. Hier wird ihn niemand finden und in dem lächerlichen Aufzug ohnehin keiner erkennen. Denn zu Hause hat er einen Mann getötet, anders kann es gar nicht sein. Er hat ihn aus nichtigem Anlass im Streit erschlagen. Mit einem Stein.

Es wird einen Scheißsturm geben

Ihre Nicknames lauten »Deutsches Wesen«, »Master-mind«, »Kassandra« oder »Das Gewissen«. Sie setzen ihre Duftmarken aus Empörung und Redundanz in sämtliche Presseorgane, Foren, Blogs und soziale Netzwerke hinein. Wie böse kleine Geister erscheinen sie unvermittelt, ver-richten kurz ihr hässliches Werk und verschwinden wie-der, um an ganz anderer Stelle wieder aufzutauchen. Sie sind Trolle.

Jeder glaubt sie zu kennen, doch keiner weiß wirklich, wo-her sie kommen, wie sie aussehen und warum sie das ma-chen. Um einer Antwort auf die Spur zu kommen, lege ich einen Trollköder: Ich veröffentliche einen Blog. In der ersten Zeile schreibe ich, dass auch Flüchtlinge Menschen sind. Drei weitere Seiten fülle ich dann per copy & paste mit Bewertun-gen aus dem TripAdvisor. Mehr als die erste Zeile lesen Trolle ohnehin nicht.

Nun brauche ich mich nur noch auf die Lauer zu legen und auf Kommentare zu warten. Und schnell beißt einer an. Der Vorwurf »Gutmensch« in Verbindung mit negativ konnotierten Mutmaßungen über mein Liebesleben, der Hinweis auf die eigene absolute Kompetenz sowie der rasche Bogenschlag zu seiner persönlichen Befindlichkeit und deren herausragender Bedeutung in Relation zum Weltgeschehen: Es fehlt wirklich nichts – ich habe einen kapitalen Troll erwischt! Schon wenige Tage nach der ersten Kontaktaufnahme treffe ich den »Versteher« in seiner schwarz gestrichenen Kellerwohnung in Berlin-Marienfelde.

»Wir stammen aus einer uralten Familie«, beginnt der verhärmte Mittfünfziger nach einigen einleitenden, mich und meinen Berufsstand pauschal diffamierenden Beleidigungen. »Echte skandinavische Waldtrolle. Meine Urahnen hatten noch kleine Hörnchen, scharfe Hauer und Tarnkappen. Im Winter kratzten sie Elchen die Augen aus und tranken ihr Blut, im Sommer lockten sie Wanderer in die Sümpfe.«

Er zeigt mir einen Stammbaum, der bis ins zwölfte Jahrhundert zurückreicht: Rassisten, Besserwisser, Nervtöter – das wimmelnde Geflecht erinnert an die Nester von Deutscher, Gemeiner und Hundsgemeiner Wespe. Doch wie entwickelte sich der Weg vom Fabelwesen hin zum Meinungstroll moderner Prägung?

»Das mit den Elchen und den Wanderern hat sich irgendwann überlebt«, erklärt mein Gegenüber. »Auch ein Troll muss mit der Zeit gehen. Dazu kommt, dass wir Trolle uns über die Jahrhunderte hinweg immer mehr mit Menschen gemischt haben – zunächst mit Betschwestern und Scharfrichtern, später mit Frührentnern, Hochschulprofessoren oder Rechtspopulisten – und so auch vermehrt menschliche Gestalt angenommen haben. Im Alltag, fern unseres Lebensraums an den Stammtischen sowie auf den Leserbriefseiten und in den Kommentarspalten, sind wir Trolle nun nicht mehr ohne Weiteres als solche auszumachen.«

Während ich sinniere, inwieweit eine beleidigte Leberwurst, die von morgens bis abends geifernd in die Tasten hackt, noch unter die Definition »menschliche Gestalt« fällt, greift der »Versteher« nach einer Schatulle mit zahllosen alten Briefen: »Die Beschwerdebriefsammlung meines Ururgroßvaters.«

An manchen Stellen muss derartige Wut die Hand geführt haben, dass die Tintenfeder das Papier perforiert hat. »Die Reichspost zeigt sich durch und durch verfault«, schäumt der Verfasser ohne Anrede los, bevor er in gleichsam derben wie gewählten Worten auf die mutmaßliche Homosexualität des Stammbriefträgers, in einer obszönen Bordellmetapher auf den Preis der Briefmarken und schließlich auf die vermutete jüdische Herkunft des Reichspostministers eingeht. »Es wird einen Scheißsturm geben«, endet das von 1881 datierte Schreiben mit der ersten urkundlich belegten Erwähnung des Begriffs, »der euch nichtsnutziges Pack für immer hinwegfegen wird.«

Noch älter ist das Dokument, das einen anderen Urahnen in heftiger Fehde mit keinem Geringeren als dem Kurfürsten Friedrich Wilhelm dokumentiert. Es sind nur noch Bruchstücke lesbar, »Seine Majestät … Arschloch … Wirtschaftsflüchtlinge …«, mit denen der Troll die Entscheidung des Königs kommentiert, den Hugenotten in Preußen Asyl zu gewähren. Am Ende des Schriftverkehrs steht eine Hinrichtungsurkunde: »Dekapithiereth zu Pottsdamm am 15. Juley des Jahres 1687 A. D., gez. Fridericus«.

»Ein Märtyrer«, sagt der »Versteher« stolz. »Die Unsachlichkeit steht über allem: Ein aufrechter Troll bis zum Tod.«

Auf dem Ratwalk

Die Berliner Fashion Week muss umziehen. Wegen der Terminkollision mit der Fanmeile wird am Brandenburger Tor im Juli König Fußball statt Prinzessin Essstörung regieren. Die hat ihren Ausweichort zum Glück bereits gefunden: Das Erika-Heß-Eisstadion im unterprivilegierten Ortsteil Wedding.

Nach außen hin zeigen sich die Modeleute nicht darüber beleidigt, dass man ihnen eine Horde postfaschistischer Saufbarbaren vorzieht, nur weil die mehr Umsatz versprechen. Laut Jarrad Clark, dem Vizepräsident des Ausrichters IMG Fashion liegt der Vorteil des neuen Standorts sogar darin, »dass er uns Raum für Kreativität lässt, uns herausfordert, über die Routine in der Gestaltung hinauszudenken.« (Vogue)

Gute Verlierer also, die, was ohnehin nicht mehr zu ändern ist, als Chance zu begreifen wissen. Man wird den Wedding offensiv als Gastgeber begrüßen, dem man ein auf das Profil des Problemviertels zugeschnittenes, völlig neues Konzept zu Füßen legt. Der Eintritt ist frei, vor dem Stadion werden Hüpfburgen für die Kinder und Bierbänke für die Erwachsenen aufgebaut. Auf einem Schwenkgrill verkohlen Rostbratwürste und »Laufsteaks«. Die IMG wird den Ortswechsel konsequent für ein lokaltypisches Branding nutzen, das der Veranstaltung einen wunderbar geerdeten Charakter verleiht.

Das erfordert Mut, der jedoch überreich belohnt wird. Die »Fesche Woche« wie man sie hier jetzt schon liebevoll nennt, ist so gut besucht, dass man auf dem Leopoldplatz noch eine weitere Bühne für ein Public Viewing errichtet hat. »Deutschland, Deutschland!«-Rufe ertönen. Dass die Leinwand statt strammer Spielerwaden schlanke Frauenbeine zeigt, fällt den meisten der Besucher gar nicht mehr auf. Es ist ihnen auch egal, Hauptsache, es gibt was zu trinken. Und bis zum Brandenburger Tor hätte es sowieso keiner geschafft. Wo soll das überhaupt sein – in Brandenburg? Derselbe Bezirk und doch so unendlich weit weg …

Auch in der Halle selbst herrscht Volksfeststimmung. »Ausziehen«, röhrt die Menge selbst bei Kreationen, bei denen das kaum noch möglich ist. Ein erfrischend hemdsärmeliger Kontrast zur sterilen Atmosphäre früherer Modemessen. Doch die Rufe verstummen rasch. Denn den Weddingern zu Ehren erhöht sich im Laufe der Veranstaltung das Lokalkolorit auch bei den Models und den Modestrecken. Statt angezogener Spargelstangen präsentieren auf dem hier eigens umbenannten Ratwalk nunmehr natürliche Damen aus der Nachbarschaft die Jogginghosen der Saison in den Marken bekannter Weddinger Designer: Kevin Klein, Yves Saint Clochard und Fucci. Die messeeigenen Kosmetikerinnen stellen sich kreativ den ungewohnten Herausforderungen: Welcher Lippenstift passt zu braunen, welcher zu gar keinen Zähnen? Das Publikum geht mit, es gibt die ersten Schlägereien. Die Fashion Week ist endgültig in ihrer neuen Heimat angekommen.

»Schlabberpullis sind in diesem Jahr ganz groß im Kommen«, erklärt der ortsansässige Modezar Heiko Werning (29). In einen blaugrauen Sack des eigenen Labels Wedding Dresses gekleidet steht er in der Garderobe, um hier noch einen Flicken auf ein Loch zu nähen, da eine hinter die Kulissen geschlüpfte Wanderratte zu verscheuchen und dort ein besonders betrunkenes Mannequin zu stützen. Hier packen alle völlig uneitel mit an, um für das Gelingen zu sorgen. Es ist ein großer Tag für den Wedding, aber ein noch größerer für die Fashion Week.

Im Vorderhaus des Lebens

Im Hinterhof liegt eine Menge Müll: kaputte Schränke, Sofas, Teppichreste, volle Windeln und halb ausgeleerte Tüten mit Küchenabfällen. Doch gemach. Was für einen verwöhnten Vorderhausbewohner aussieht wie Müll, kann man im Grunde »alles noch gebrauchen« (Thilo Sarrazin). Wenn es kalt ist, kann man die Teppichreste »anziehen, dann muss man gleich weniger heizen« (ders.), aus den Möbeltrümmern lässt sich »eine behagliche Stube einrichten« (ders.) und darin »wohnen« (ders.), von den Nahrungsresten lassen sich super die Salmonellen abbürsten, sodass man sie »noch prima essen kann« (ders.).

Ich weiß ja, wie das ist. Schließlich habe ich früher selbst im Hinterhaus gewohnt. Als junger Mensch. Die Not war groß, der Magen klein, die Bude kalt, die Sehnsucht heiß. Wer darin im Ernst Romantik sehen möchte, hat sein Haus aber auf einer Traumsandgrube in Sichtweite zur Bezirksklapsmühle gebaut. Die Umstände waren, um an dieser Stelle mal die stundenlange und dann doch vergebliche Suche nach einem geeigneteren Attribut zu umgehen: scheiße. Man verhöhnte mich auf offener Straße. Ich war längst nicht so privilegiert wie heute, da ich, eine Latte Origami con flavore stracciatella in der Hand, mit einem seidenen Pyjama und Pantöffelchen aus Wildlachs angetan, ausnahmsweise einmal hinten aus dem Küchenfenster blicke. Normalerweise gucke ich ja immer nur vorne raus. Selbstverständlich. Ich meine, wozu habe ich mich denn sonst nach oben und ins Vorderhaus des Lebens gearbeitet: ein Weltliterat, mordsreich, superschön, die Menschen lieben mich für meinen Witz, meinen Geist und meine Güte. Ein teures Fahrrad mit Schokoladenklingel aus feinster Vollmilch, jeden Tag neu. Himbeeren und Trüffellikör. Etwa, um mir diese bedrückende Slum-Show reinzuziehen? Ich weiß, man soll die Augen vor dem Elend nicht verschließen. Doch was brächte es der Gesellschaft, wenn mich der ständige Kontakt mit deren Schattenseiten in einem Maße deprimieren würde, dass ich zur allgefälligen Reproduktion von Witz, Geist und Güte nicht mehr in der Lage wäre?

Doch ich habe nie vergessen, woher ich komme. Ich spüre Verantwortung fürs Ganze und werde dieser auch gerecht. Deshalb nämlich zwinge ich meinen Blick nun in den Hof und auf die Mülltüte, die ich gestern neben die Tonne gestellt habe. Ich habe sie eigens nicht zugeknotet, damit die Hinterhausbewohner mit ihren inzestuös verbogenen Fingern besser an den Inhalt kommen. Allerdings stinkt das Zeug jetzt übel in der Sommerhitze. Das finde ich nicht gut. Ich denke, wenn man sich schon Mühe gibt und Bewusstsein zeigt, könnten die sich ruhig auch »dankbar erweisen« (Thilo Sarrazin) und ihre Gaben rasch in ihre Höhlen zerren, wo es ja sowieso schon stinkt. Sonst kann ich meine karitative Ader auch ganz schnell wieder versiegen lassen, ich habe schließlich Besseres zu tun. Kleiner Tipp am Rande: Das Innere der Bananenschalen ist besonders nahrhaft.

Gern gebe ich zu, dass es mir Vergnügen bereitet, Freude zu schenken. Reinen Altruismus gibt es nicht. Jeder geilt sich doch irgendwo auch an seiner Güte auf und zieht daraus spirituellen Gewinn. Egal, ob jetzt Mutter Teresa, der Osterhase oder ich. Das ist menschlich. Wenn ich also meine alte Dichterkrone in den Hof werfe, stelle ich mir natürlich die leuchtenden Augen der Hinterhausmenschen vor, wenn sie die Krone finden und anprobieren. Ihr primitives, fröhliches Geschnatter, wenn sie sich dann mit der Krone auf dem Kopf in einer halbblinden Scherbe spiegeln, sich dabei wieder und wieder um die eigene Achse drehen und posieren wie zur Wahl der Miss Müllkippe. Wer darüber spottet, ist ein Schwein. Ihr Stolz ist in solchen Momenten auch mein Stolz und ihre Freude meine Freude.

Ich brauche ziemlich oft eine neue Krone. Der Kopf wächst ja vom vielen Denken immer mehr und dann bricht mir da schnell mal ein Zacken raus. Also aus der Krone, nicht aus dem Kopf. Die im Hinterhaus haben das Problem ja gar nicht. Sie arbeiten als Hartz IV, Steinbrecher oder Lyriker. Da muss man nicht denken, da bleibt der Kopf gleich. Deshalb hat da irgendwann auch jeder seine eigene Krone auf Lebenszeit, viele davon waren mal meine. Okay, gebraucht, schmutzig und meist ein bisschen kaputt. Aber die kann man ja waschen und löten. Mit »ein wenig gutem Willen geht das alles« (Thilo Sarrazin).

Nachts höre ich zurzeit oft dankbares Fiepen im Hof. Das rührt mich so, dass ich danach manchmal gar nicht mehr einschlafen kann. Bestimmt sind es die Hinterhausbewohner, könnten aber auch Ratten sein. Doch, Hand aufs Herz, wo ist da schon groß der Unterschied?

Im Winde gescheit

Wie konische Tätowierungen in einen zartblauen Himmel gestochen, der Vermutung hieß, aber Verheißung genannt werden wollte, standen die satten Hügel der Wattau. Die Landschaft, die Menschen, das Vieh, die Häuser: eins. Aber auch zwei und drei und vier. Viele.

In der zerfallenden Scheune, die wie ein lungenkranker Bär in den Schatten geduckt am Fuße des Wanstkogels lag, hingegen zwei. Zweimal eins. Eine.

Damals. Im Schnee. Der Vater. Im Vater der Schnee. Spiralen konzentrisch ineinanderfließender Irrlichtblicke wie Leuchtdioden eines kranken Tierchens. Oszillierend dahin dorthin. Stille dann. Dachte. Byrgit. Und dachte nicht.

Über Frieder und ihr damoklesisch der Balken. Das wuchtig große Querholz des Dachstuhls, das der Vater vor Jahren einst mit großer Kunstfertigkeit aus einer gewaltigen Roterle, die er an einem diesigen Februarmorgen unten am Wanninger gefällt, in einem Stück herausgeholt, -gesägt, -geschnitzt, -gebrochen hatte, in langen Stunden glatt gehobelt mit der schweren, alten Schmiedhuberfräse aus Plautzener Stahl, ein uraltes Ungetüm, aber es funktionierte, wie der Vater. Wertarbeit.

Sie, die Mutter, die Geschwister, sie alle hatten des Alten harte Hand gefürchtet, doch mehr noch die weiche. Wehe, wenn sie weich wurde. Zerbrochenes Zartbitter. In der Ferne zagte, wie bestätigend, in diesem Moment der klagende Ruf des Grobgefleckten Schmalfußkauzes. Zufall? Zufall. Und doch nicht.

Auf seiner Beerdigung hatte sie nicht geweint. Stur nach unten nur gestarrt auf ihre bärlauchgrünen Manchild-Sneakers zwischen faulendem Laub und Morast. Stumm malmend, mahlend, einen Kaugummi, Airwave Cassis. Und weh das Herz und doch gut. Aufatmen. Aufbruch. Apfelkraut.

Einer plötzlichen Eingebung folgend, pflückte sie, Frucht einer zähen Rastlosigkeit, den Kaugummi mit spitzen Fingern aus dem Mund, führte die Hand in raschem Schwung an Frieders Kopf vorbei und klebte das verbrauchte Naschwerk an den Balken. Als wolle sie des Vaters Werk entweihen. Mit aller Gewalt. Hier und jetzt. Posthum.

»Im Winde gescheit, ei dideldei«, lebte ein uraltes Lied kurz im Kopfe des Mädchens auf und verflog im Nu wieder. Träge beißender Senfgeruch in der Nase. Bald würde es Frühling werden oder Sommer oder Herbst.

Ein wenig erschrocken und doch neugierig zugleich betrachtete Frieder den Kaugummi.

»Cunst am Caugummi«, dachte er und zuckte ob der Banalität des Gedankens zusammen. Durfte er so etwas denken, sagen, fühlen, ohne sich im gleichen Maße mitschuldig zu machen? Gewiss, er hatte den Anlaut von »Cunst« und »Caugummi« bewusst jeweils mit C geschrieben gedacht, um den

Worten an Ernst und Schärfe zu nehmen. Das Spielerische war eine klare Stärke des fantasievollen Jungen. Er könnte auch »Cowgummi« denken, führte Frieder denkend weiter aus. Pfiffig. Die Phonetik gleich im Deutschen wie im Angelsächsischen, verbunden mit der in kurioser semantischer Finte überaus feinen Anspielung an das sich selbst stets aufs Neue gebärende Wiederkäuen der Kuh, das so sehr an das Kauen (oder »Cowen«?!) eines Kaugummis erinnerte, letztlich auch an Byrgit in persona – hier musste Frieder lächeln. »Cowgummi«, und lächelte erneut. Erschrak dann, stutzte: Durfte er so viel lächeln?

Byrgit neben ihm merkte zum Glück nichts von dem heftigen Widerstreit, der in dem blonden Unterprimaner an ihrer Seite tobte. »Ei dideldei, im Winde gescheit«, stob erneut diese eine magnifizente Liedzeile wie ein scheues Reh durchs Unterholz ihrer Empfindungen, zeigte kurz dem Jäger die Flanke, zu kurz, verschwand.

Haarscharf dachten also die beiden nebeneinanderher. So haarscharf, dass beider Gedanken aneinander Reibung empfingen, einander wärmten, ohne voneinander zu wissen, und letztlich Funken schlugen.

Die Ahnung weiter von Frieders unnatürlich abgespreiztem Ringfinger, der sich dem Handrücken des Mädchens näherte, nähern wollte, ohne in der Tat sich zu bewegen. Still. Ihre, Byrgits, Ahnung wiederum, dass ebendieses geschähe, geschah, geschehen sollte. Beider Furcht ebendies dabei, dass ebenjenes jeweils andere dieses nicht in selbiger Weise ahnte und dächte. Die trollgleich stehen gebliebene Zeit: Aufgeplusterte Graubacken, die unsichtbar Luft ausstießen. Zischende Erpel unten am Wanninger. Trübe das Wasser. Bäuchlings treibend der Unken Schwarm im Winde gescheit.

Als es dann schließlich doch erfolgen sollte, das Unerhörte, Ungeheuerliche, merkte das Universum, dass der Zeitpunkt verstrichen war, den es, das Universum, wie jedem anderen Zeitpunkt auch, ebenso diesem Zeitpunkt nur zu einem einzigen fixen Zeitpunkt zugestanden hatte, eine Zeitpunktnische quasi, deren Verfehlung, und sei sie noch so knapp, den Zeitpunkt zum Nichts machte, zu keinem Zeitpunkt also, für immer vorbei.

Byrgit zog ihre Hand weg und Frieder, in außerordentlicher Beschämung, fragte in einer beinahe als drollig zu bezeichnenden Übersprungshandlung, die die schreckliche Tiefe seiner Verletzung so verzweifelt wie vergeblich mit ganz viel Leere zu füllen suchte, nach der Uhrzeit, die er närrischerdings gar nicht wissen wollte, zumindest nicht genauer, als er sie denn ohnedies schon wusste: Es war zu spät.

Hitlers Katzenkrimis

Nicht wenige sehen in der narzisstischen Kränkung Hitlers, die er durch seine gescheiterte Karriere als Kunstmaler erfuhr, den Ursprung der katastrophalen Entwicklung, wie sie auch Guido Knopps Dokumentation »Hitlers Bilder« nachzeichnet. Doch die zweimalige Ablehnung an der Wiener Akademie der bildenden Künste war gar nicht die entscheidende Niederlage des jungen Hitlers. Denn viel näher als das Malen lag dem späteren Diktator die Schriftstellerei.

Sieben oder acht Mal (hier streiten sich die Biographen, ob ein antisemitischer Vierzeiler im nachempfundenen Stil des »Lohengrin« als ernsthafte Einreichung zu werten war) bewarb er sich vergeblich am Wiener Literaturinstitut. In diesem Zeitraum (etwa 1909 – 1912) trat er bei »Dichtkunstverrissen« (einem Vorläufer der heutigen Poetry Slams) auf und gründete mit Kollegen aus dem Wiener Männerwohnheim die Lesebühnen »Reformbühne Heim ins Reich« sowie »LSD

73

– Landser sterben dankbar«, um sich ein paar Kronen für den Lebensunterhalt zu verdienen. Erst Guido Knopp arbeitete in seinem Vierteiler »Hitlers Lesebühnen« die braune Vergangenheit der angeblich so heiteren Veranstaltungen auf.

Daneben versuchte sich Hitler beharrlich als Verfasser von Katzenkrimis. Seinen Erstling »Mein Napf« bot er ausgerechnet dem Verlagshaus Levy & Rosenzweig an – und erfuhr wiederum Ablehnung, wie Guido Knopp in »Hitlers Absagen« ausführt.

»Die Figur des Thor Schnurre scheitert strukturell bereits an ihrer Grundanlage«, schrieb der Lektor damals. »Ein Kater, der das Revier einer herbeihalluzinierten Rasse namens ›Deutsch Kurzhaar‹ krampfhaft erweitern will und deswegen seinen Fressnapf gen Osten verschiebt, taugt vielleicht als Schurke, aber niemals als liebenswerte Identifikationsfigur. Zumal die Vorstellung einer felinen Superrasse biologisch unhaltbar ist. Auch stilistisch lässt sich an keiner Stelle das geringste belletristische Talent ausmachen. Versuchen Sie es doch einmal mit einem politischen Sachbuch. Das könnte Ihnen eher liegen …«

Die Absage muss den jungen Autor tief getroffen haben, wie auch Guido Knopps Serienfolge »Hitlers Katzenkrimis« herausstreicht. Nach Aussage Franz Folingers, eines damaligen Mitbewohners des Männerwohnheims, in dem der nahezu mittellose Hitler (die Lesebühneneinnahmen sollen an manchen Tagen kaum zwei Kronen betragen haben) hauste, starrte dieser danach wochenlang stumm und feindselig seine Katze Ernstl an, bis sie eines Nachts spurlos verschwand.

Wie Guido Knopp wiederum in »Hitlers Hunde« belegt, erklärte Hitler ungerührt, Katzen schon immer gehasst zu haben und fortan nur noch Hunden zu vertrauen. Überhaupt habe er beschlossen, Politiker zu werden.

Die Chronisten sind sich in ihrer Bewertung ungewöhnlich einig: Hätte Hitler mehr Zuspruch als Schriftsteller erfahren, schriebe er wohl noch heute Katzenkrimis und wir würden noch immer auf den Zweiten Weltkrieg warten wie auf einen ganz besonders bösen Weihnachtsmann.

Immerhin hat man in Deutschland aus den Fehlern der Vergangenheit gelernt. V-Männer des Verfassungsschutzes durchsetzen seit Jahren die Verlagshäuser und Schreibschulen. Sie haben die Maßgabe, Bewerber mit rechten Tendenzen ungeachtet ihrer schriftstellerischen Qualitäten zu fördern und ihre mangelnden Talente unauffällig in Richtung harmloser Genres wie Katzenkrimis, Hundehaikus oder Mäusemonologe zu kanalisieren. Sollte sich im späteren Verlauf dann doch mal ein Krawallpamphlet unter das Gesamtwerk mischen, fällt das gar nicht weiter auf.

Mit letzter Tinte

Günter Grass über das Verblassen der Erotik
im Alter

Als junger S, äh, S-Bahnfahrer zu Danzig in den Tanzcafés.

Da hab ich noch so manches dünne Brett genagelt, so manches frische Blümelein besprengt.

Hab meinen starken Baum mittenmang gepflanzt in manche gut gepflügte Krume.

Behende und gekonnt, so rollte ich die Murmel des Verlangens zielgenau in manches Murmelloch hinein.

Bei so manch heit'rer Hasenjagd blies ich das Große Halali, bei manchem langen Ritt stieg ich oft Tage nicht vom Ross.

Ich war ein toller Hecht, der manchen flotten Fisch verschlang im feuchten Karpfenteich der Liebe.

Doch was gesagt werden muss: Der Jahre Bomberstaffeln ebnen Murmel, Baum und Teich.

Brach liegt das junge Feld vor mir, wenn nicht ein jüng'rer Bauer es versorgt.

Wenn heut auf einem Literatenabend strebt eine schöne Dame auf mich zu.

Und ich sehnend heb die Nüstern, heb den Blick, so friert mir's Herze ob der Antwort:

Ach armes Väterchen, so heißt es nun, troll dich hinfort mit deinen morschen Knochen.

Es ekelt mich dein dritter Zahn, dein schlaffer Bauch und nicht zuletzt dein hilflos sabberndes Gemüt.

Und beim Gedanken an den welken grauen Wurm in deinem Schoße wird mir erst so richtig schlecht.

Gib mir nur den Namenszug geschwind ins aufgeschlagene Buch hinein, streif dabei auch nicht mit dem Finger meine Hand.

Nein, wag es nicht, du ekler Greis, du nimmersatter Alter – hast mich verstanden und gehört?

So spricht sie, dabei fühle ich doch jung, spür Lust, fühl Fleisch, will Huhn, oh Schmerz und Gram.

So nehm ich wohl die letzte Tinte still mit in mein Grab.

Brachiale Methoden

Naturerlebnis II

Einmal mehr sind wir hart auf dem Boden der Tatsachen gelandet. Eben noch erfreuten wir uns an den bunten Schmetterlingen. Den Erdbeeren. Den harmlos über den märkischen Himmel ziehenden Schäfchenwolken. Doch leider haben wir darüber nicht zum ersten Mal vergessen, dass wir hier nur Gäste sind. Ach was, ungebetene Gäste, bestenfalls. Eher Feinde. Eigentlich aber Opfer, Beute, erbärmliches Kanonenfutter einer unbezwingbaren Natur.

Nun stehen wir mit Tränen in den Augen und Angst im Herzen vor unserem völlig verheerten Erdbeerbeet. Irgendein rabiates Tier hat am helllichten Tag ein tiefes Loch hineingegraben und die Pflanzen zusammen mit dem Aushub meterweit verteilt. Dabei hat es auch noch ein Wespennest ans Tageslicht geschaufelt und dort in Stücke gerissen. Jetzt schwirren überall die jungen Wespen herum. Und das Tier, womöglich ein Marder oder Dachs oder Bär oder Ork, kann jeden Moment wiederkommen, um als Nächstes Pestflöhe, Schlangen oder Blindgänger auszubuddeln. Wir halten einander furchtsam umklammert. Sofort ist das Gefühl der Überforderung zurück. Die ungezähmte Wildheit der Natur ist so unfassbar. Was sollen wir denn jetzt machen?

In der Stadt hat alles seine gewohnte Ordnung. Im Gemüseladen liegen die Pflanzen fein in enge Kisten gesperrt, wo sie nicht wuchern, blühen, zerstören, kurz, keinen gefährlichen Unsinn anrichten können. Dasselbe gilt für die Tiere: Sauber zerteilt und in Plastik verschweißt, warten sie im Supermarkt auf ihre Esser. Ihr Mütchen können sie im Gefrierschrank kühlen und nicht an unseren Erdbeeren. Auch die Ahndung anderer Verstöße ist geregelt: Fährt auf dem Bürgersteig ein Radfahrer zu dicht an uns vorbei, oder wirft ein Strolch Reklame in den Briefkasten, auf dem »Keine Werbung!« steht, ruft man die Polizei und die kümmert sich um alles.

Auf dem Land ist man auf sich allein gestellt im Ringen mit Flora und Fauna. Polizei gibt es nicht, nur den Volkssturm, die freiwillige Feuerwehr und den Förster. Die ersten Male, als Vögel unsere Himbeeren vom Strauch gestohlen hatten oder Unkraut am Geräteschuppen nagte, haben wir noch den Revierförster angerufen. Doch der hat nur gelacht: Wir sollen »nach Berlin zurück« und »Latte matschato trinken«. Sinngemäß.

Daher versuchen wir, uns abzuschauen, wie denn die Einheimischen in dieser menschenfeindlichen Umgebung überleben. Wir erkennen zwei entgegengesetzte Strategien. Die eine Gruppe passt sich durch konsequentes Vertieren an. In Felle aus Plastik und Polyester gekleidet, gehen sie archaischen Ritualen nach, bis sie mehr und mehr eins mit Feld, Wald und Sumpf geworden sind.

Die anderen wiederum schotten sich mit brachialen Methoden gegen jeden biologischen Einfluss ab. Sie haben es gelernt, sich zu wehren und die Natur mit allen Mitteln zu bekämpfen. So leben sie quasi mittendrin im Feindesland und trotzen ihm dennoch wie jüdische Siedler in der Westbank. Das hat hier wie dort seinen Preis: Radikalisierung, gegenseitige Provokationen und schwere Bewaffnung sind untrennbare Bestandteile ihres rauen Alltags.

Unser Nachbar ist so ein Siedler. Keine Pflanze ist in seinem Garten geduldet. Nur im Vorgarten harrt, symbolgewordene Warnung an die Flora dieser Welt, ein einzelner rund geschnittener Busch. Bei Gräueltaten lassen die Mörder ja auch immer gern mal eins der Opfer leben, um durch dessen bloße Kunde noch mehr Furcht zu schüren. Ansonsten gibt es dort nur raspelkurzes Gras. Kleinlaute Halme, die täglich gemäht, gewalzt und bei jeder eigenständigen Regung auf der Stelle niedergebrüllt werden. Auf diesem Boden, dieser Art grünem Asphalt, lässt der Pflanzenkiller einmal täglich sinnlos seinen gesamten Fuhrpark warm laufen: das Auto. Das Motorrad. Die Kettensäge. Den Laubbläser. Die Kreissäge. Den Toaster. Diejenigen Tiere und Pflanzen, die noch Sporen, Flügel oder Beine haben, zu fliehen, haben geschlossen in unserem Garten Asyl beantragt. Denn nicht die allerkleinste Zwergameise geht seinem lückenlosen System aus chemischer Keule, Überwachung und Unterdrückung durch die Lappen.

Auch wir nicht. Der Nachbar hat, offiziell als Baumhaus für den kleinen Sohn, nahe der Hecke zu unserem Grundstück einen gigantischen Wachturm aus Holz errichtet, damit er sehen kann, was die fremden Städter in ihrem vegetationsverseuchten Hippie-Garten nebenan so treiben.

Aha. Zum Beispiel hüpfen wir nackt unter die Gartendusche, mit dem festen Wissen, dass uns keiner dabei zuguckt. Doch das Wissen ist von gestern. Heute ist Wachturm. Was gar nicht so erstaunlich ist, denn schließlich war das ja mal alles Osten hier. Und im Grunde ist das auch immer noch Osten. Die Himmelsrichtungen wurden schließlich nicht geändert.

Wehret den Anfängen

Hätte er nicht getroffen, wäre er wohl gar nicht aufgefallen. Doch als der türkischstämmige Muslim Mithat Gedik von der Werler St.-Georg-Schützenbrüderschaft dann auch noch Schützenkönig wurde, fiel dem Bund der Historischen Deutschen Schützenbruderschaften (BHDS) als zuständigem Dachverband sein eigener Paragraf 2 wieder ein. Dort heißt es unter anderem: »Schutz der Sitte durch: a) Eintreten für christliche Sitte und Kultur im privaten und öffentlichen Leben«. Nicht über allem, was »Türken raus« bedeutet, muss auch wortwörtlich »Türken raus« stehen.

Ein Wechsel zum Sauerländer Schützenbund, dessen Satzung keine Christenklausel aufweist, ist keine Option. »Abtrünnige werden in den anderen Verbänden nicht aufgenommen«, schiebt Rolf Nieborg, der Sprecher des BHDS einem möglichen Verrat knallhart den Riegel vor. Überläufer sind in der Szene der Provinzballermänner ein No-Go. Eher wechselt ein Gangmitglied von den Hells Angels zu den Bandidos. Und wie bei den Rockern möchten linke Lästerzungen auch in den Schützenvereinen gern dieselbe hochexplosive Gemengelage aus Waffengeilheit, Schrumpfschwanzkompensation und archaischem Traditionsgedöns erkennen. Daneben verweisen sie auf Analogien im Kriminalitätspotenzial: Hier Kontrolle des Rotlichtmilieus und Drogenhandels, dort monopolistische Beherrschung der Amokläuferszene.

Doch diese »Menschen« haben nichts verstanden. Weder von Integration noch von Moral oder Religion. Ohne Schützenvereine gäbe es keine Gesellschaft, ohne Gesellschaft kein Brauchtum, ohne Brauchtum kein Deutschtum (also alles selbstverständlich im positiven Sinne), ohne Deutschtum keine Kameradschaft und ohne Kameradschaft keinen Krieg. Also Krieg jetzt ebenfalls im positiven Sinne: Manneszucht, Ehre, humanitäre Einsätze (in Krisengebieten mit Blumen am Helm den Mädchen das Wasser vom Dorfbrunnen nach Hause tragen) und wie Old Shatterhand dem Gegner stets nur in die Beine schießen. Dass man dabei auch mal den Kopf trifft wie die bayerische Polizei, wenn sie sich von einem Epileptiker angegriffen fühlt, ist als Kollateralschaden abzubuchen. Dazu als Mahnung an jeden Schießeisenbenutzer, doch zur Verbesserung der einschlägigen Fertigkeiten bitte schön einen, nach Möglichkeit nicht türkenverseuchten, Schützenverein aufzusuchen.

Dass die Sauerländer sowieso kein ernst zu nehmender Schützenbund sind, liegt auf der Hand. Bestimmt schießen dort Homosexuelle auf High Heels mit Wasserpumpguns auf rosa Plüschhasen, während daneben Türken herzzerreißend blökenden Lämmchen die Kehlen durchschneiden. Deutschland im Jahr 2014.

Und eigentlich sind auch schon die Regularien des BHDS auf unerträgliche Weise aufgeweicht. Nach Paragraf 2, Absatz 4.1a sind – man traut es sich kaum auszusprechen –

»Mitglieder anderer christlicher Konfessionen« als der katholischen zugelassen. Evangelen, Orthodoxe und als Nächstes: Muslime, Hottentotten, Juden? Noch mehr faule Kompromisse darf es nicht geben, sonst kann man nicht nur alle Schützenvereine, sondern gleich auch noch die Zivilisation und in der Konsequenz die ganze Menschheit auflösen. Dann gibt es nur noch dumpf quakende, nackte Unken, die kotfressend über ödes Land krabbeln, anstatt Schützenkönige, bunte Uniformen und Tschingderassabumm.

Apropos Juden. Denen ist seit 1933 die Mitgliedschaft in Deutschen Schützenvereinen verboten und daran hat sich – siehe Paragraf 2 – bis heute nichts geändert. Dass sie zuvor als vollwertige Mitglieder zugelassen waren, wirft ein bezeichnendes Licht auf die sittenlose Weimarer Republik und konterkariert einmal mehr die lahme These, dass doch »früher alles besser war«. Schwer zu sagen, wie da nun ein Muslim durchrutschen konnte, aber man muss wirklich nicht dieselben Fehler ständig wiederholen.

Die Träume der Fünfjährigen

Wir gehen am Landwehrkanal spazieren. In Höhe einer Baustelle liegt an der Uferböschung so ein komischer breiter Kahn im Wasser, darauf ein Bagger.

»Was ist das denn?«, fragt Q.

Ich bin mir nicht sicher. Zunächst hoffe ich ja, dass das Gerät dazu dient, die ganzen hässlichen Bäume wegzumachen, die einem hier die freie Sicht auf den schönen Kanal versperren. Doch das glaube ich nicht.

»Das ist bestimmt so ein Schwimmschlammbagger«, entscheide ich mich. »Oder auch ein Schlammschwimmbagger.«

»Ein Waaas? Ein Schwimmschlammbagger? So was gibt's doch gar nicht. Das klingt doch wie der feuchte Traum eines Fünfjährigen.«

»Fünfjährige haben keine feuchten Träume«, konstatiere ich korrekt – die Kombination aus Lebenserfahrung und Leistungskurs Biologie kumuliert hier zu einem Kompetenzprofil, das sich gewaschen hat. »Aber angenommen, das sollte jetzt bloß so ne Metapher sein. Wie kommst du denn darauf?«

»Also«, sagt sie. »Wegen der Kombi: Erstens Schiff. Zweitens Schlamm. Drittens Bagger. Da fehlt eigentlich nur noch, dass da auch noch ein Feuerwehrmann draufsteht. Und ein Polizist. Und ein Cowboy.«

»Ah! Und ein Indianer und ein Tierpfleger und ein Zirkusdirektor«, ergänze ich. Jetzt geht allerdings mir fast einer ab. Am helllichten Tage und im Wachzustand, denn ich habe das System erfasst. Und zwar ziemlich schnell. Ungewöhnlich schnell. Ich habe kapiert, was sie meint, und vermochte die logische Kette darüber hinaus sogar noch um eigenständig ersonnene Elemente zu erweitern. Noch besser, mir hat das Ausdenken sogar richtig Spaß gemacht. Manchmal wünschte ich mir, das Leben hielte viel mehr solcher kurzweiligen und zugleich anspruchsvollen Aufgaben für mich bereit. Gewiss würde ich mich weniger langweilen und mein Selbstbewusstsein daran wachsen, was ja nicht nur gut für mich, sondern auch für meine Umgebung wäre. Weil ich dann bestimmt rundum freundlicher, gelassener und angenehmer wäre. Und nicht immer so entsetzlich niedergeschlagen. Da ist es dann doch nicht weiter verwunderlich, dass man ruppig und abweisend wirkt, obwohl man doch insgeheim für alle nur das Beste will. Ich bin ja nicht wirklich ein schlechter Mensch. Es ist einfach nur so, dass, wenn man praktisch bloß noch brutal auf die Fresse kriegt, indem einem jegliche Selbstbestätigung vorenthalten wird, die jeder Mensch nun einmal für die Seele braucht wie Wasser und Nahrung für den Körper, also dass man dann irgendwann nur noch dichtmacht und sich abkapselt. Resignation. Auch Alkohol. Das ist doch wohl die verständlichste Sache der Welt. Selbst der freundlichste Hund würde sich verkriechen, wenn er von morgens bis abends nur getreten wird. Selbst die fröhlichste Ente würde es sich mindestens dreimal überlegen, ob, wann und wozu überhaupt sie das nächste Mal das Schilf verlässt, wenn man sie pausenlos beschießt. Selbst der coolste Käfer würde spätestens dann sein Heim im Moos verlassen, wenn ihm zum achten Mal ein Wanderer draufgeschifft hat. Selbst die vergammeltste Apfelsine …

»Ja, danke«, sagt sie. »Es reicht. Vielen Dank. Wir halten jetzt mal wieder ganz fein unser Schnäbelchen.«

Und das ist exakt, was ich meine. Anstatt, dass ich zum Sprechen ermuntert werde und meine Kreativität aktiv gefördert wird, fährt man mir einfach über den Mund, um mich systematisch zu brechen und am Boden zu halten. Nunmehr schweigend und voller Sehnsucht blicke ich auf den Schlammschwimmbagger. Einfach damit wegfahren, denke ich. Über die Spree in die Havel. Über die Havel in die Elbe. Von der Elbe in die Nordsee. Über die Nordsee in den Atlantik. Die Karibik. Der Panamakanal. Der Pazifik. Weiter dann in die Südsee. Dort auf eine Insel. Ich werde auf bronzefarbenen weichen Händen ins Dorf getragen. Einen Schwimmschlammbagger haben die noch nie gesehen. Strohhütten. Blumenbikinis. Spanferkel, Ananas, freundliche Menschenfresser …

»Was haben wir gerade ausgemacht?« Die Frage klingt spitz. Drohend fast und wohl auch reichlich rhetorisch. Ich muss anscheinend laut gedacht haben.

Der schwarze Bikini

Im knackevollen Prinzenbad nähert sich eine Unbekannte zielstrebig unserem Liegeplatz: Ob wir bitte mal auf ihre Tasche aufpassen könnten, solange sie im Wasser wäre.

Das kennen wir schon. Immer werden wir gefragt. Es muss an unseren blitzeblauen Äuglein liegen, aus denen in einem fort Güte, Klugheit und Verantwortungsbewusstsein strahlen wie Radioaktivität aus einem havarierten Kernreaktor. Ich weiß nicht, warum vor allem ich so geworden bin. Es ist ein Wunder. Eigentlich hätte ich allen Grund, hart und verbittert zu sein, doch jedes der häufigen Male, da mir das Leben unvermittelt ins Gesicht schlägt, schüttle ich mich nur und lache.

Das dumme Leben hat es schließlich auch nicht leicht. Es gibt Wichtigeres als zurückzuschlagen und damit nur die Fronten zu verhärten: Eine Biene, die selber zu geschwächt ist, zu einer Blume zu tragen und sanft in den Blütenkelch zu schubsen. Den Straßenkindern zu zeigen, dass man mit einem Schnappmesser auch Äpfel schälen oder Marienfiguren schnitzen kann. Leserbriefe an sämtliche Zeitungen zu schreiben, in denen man die anderen Leserbriefschreiber bittet, es nun doch endlich einmal gut sein zu lassen mit all der Kritik an allem und jedem. Weil die Welt schön ist und noch viel schöner wäre, wenn wir alle, anstatt Krieg zu führen, gegenseitig auf unsere Taschen aufpassten.

Apropos: Wann kommt denn endlich diese Frau zurück? Wir wollen nämlich langsam mal nach Hause beziehungsweise an die Arbeit. Wie lange schwimmt die denn? Ist sie ertrunken? Vielleicht hasst sie uns ja auch alle und in der Tasche befindet sich eine Bombe. Längst sind die Ausbildungslager von Al Kaida voll mit harmlos aussehenden Mittvierzigerinnen aus Mitteleuropa. Der bärtige Bösewicht hat ausgedient. Der ist doch ohnehin viel zu auffällig, um auch nur ein im Wald vergessenes Kinderplanschbecken in die Luft zu sprengen. Schließlich verlaufen die Rasterfahndungen seit Jahren nur entlang rassistischer Klischees.

Wir beginnen, nach der potenziellen Bomberin Ausschau zu halten. »Hatte die nicht nen roten Bikini?«, fragt Q.

»Nein, die hatte nen schwarzen.« Obwohl meine Geistesstärke allgemein eher im Abnehmen begriffen ist, kann ich mir immer alle Bikinis merken. Schnitt, Farbe, Inhalt – es ist wirklich wie verhext. Außerdem hatte sie sowieso eher mich angesprochen, eben weil sie mich als besonders vertrauenswürdig ansah. Das merke ich jetzt auch an dem verantwortungslosen Vorschlag der Freundin:

»Wir könnten die Tasche doch einfach anderen Vertrauenswürdigen übergeben. Also, dass die an unserer Stelle darauf aufpassen.«

Ich schaue mich um. »Es gibt hier keine anderen Vertrauenswürdigen außer uns.« Und verbessere mich. »Außer mich.« Und verbessere mich noch mal. »Außer mir.«

Denn wohin ich auch blicke, sehe ich nur in verschlagene, fiese Fressen, aus denen Stielaugen gierig auf die halb herrenlose Tasche neben uns stieren. Laut knacken die langen Finger, jederzeit zum Zugriff bereit, falls wir die Konzentration auf die in unsere Obhut gegebene Sache auch nur eine Millisekunde lang erlahmen lassen sollten. Speichel fließt aus fletschenden Mäulern – ein Wolfsrudel, das gierig und doch geduldig auf seine Chance wartet, das Elchkalb von der Mutter zu separieren –, überall gepresster Atem, nur mühsam durch vorgetäuschte Gespräche über Wetter, Arbeit und Privates übertüncht. Badegäste eben.

»Geh du ruhig schon mal. Ich bleibe dann eben alleine hier.«

Mein Pflichtbewusstsein ist fast sprichwörtlich. Wem im Schützengraben des Alltags die Kugeln der Versuchung, der Anfechtung und der Bequemlichkeit um die Ohren pfeifen, lernt schnell, wer die Feinde sind und wer die eigenen Kameraden. Und die gilt es auf keinen Fall im Stich zu lassen. Ob das Land ruft oder eine fremde Frau im schwarzen Bikini: Ich harre aus und verrichte, was mir aufgegeben ist. Was hätte ich wohl im Dritten Reich gemacht?

Wahrscheinlich gewartet. Treu wie ein Hund auf seinen toten Herrn. Ungefähr so, wie ich mir auch die kommende Zeit vorstelle. Q. geht irgendwann. Dann die anderen Badegäste. Enttäuscht ziehen sie die Schwänze ein, sie vermochten mich nicht zu überlisten. Das Bad schließt, nur ich harre neben der Tasche aus. Und es ward Abend und es ward Nacht. Und es ward Sommer und es ward Herbst. Das Prinzenbad beendet die Saison. Ich habe keine Wintersachen dabei. Ich friere. Nirgendwo bellt ein Hund. Wo bleibt die Frau im schwarzen Bikini?

Anstehen im Osten

Montagmorgen um kurz nach halb elf. Ich stehe hinter einer langen Schlange vor dem Kino International in der Karl-Marx-Allee. Um zehn hat hier der Berlinale-Vorverkauf begonnen. Das International ist der Geheimtipp, hier soll weniger los sein als am Potsdamer Platz oder im Haus der Berliner Festspiele. Übrigens soll Mallorca auch ein schöner Geheimtipp für den Urlaub sein und der FC Bayern ein Geheimtipp für den Meistertitel.

Schlange ist eigentlich falsch. Schnecke wäre besser. Denn die Schlange bewegt sich nicht. Ich hatte ja gehofft, dass die Kino-Freaks heulend zu Hause sitzen, weil Mister Spock im Sterben liegt. Pustekuchen. Alle sind da. Manche lachen sogar. Kein Respekt. Nach ungefähr zwei Stunden habe ich immerhin die Eingangstür erreicht.

Dabei geht mir die Berlinale ja am Arsch vorbei. Zum einen aus praktischen Gründen: Denn entweder kommen die

Filme sowieso ins Kino, wo man nach zehn Sekunden Anstehen an einem gemütlichen Sonntagnachmittag in einem gähnend leeren, weitaus bequemeren Kinosaal schön die Füße hochlegen kann. Oder die Filme sind zu schlecht, um später gezeigt zu werden. Dann muss ich sie ja auch nicht sehen.

Zum Zweiten ist sie, Hand aufs Herz, ein denkbar minderwertiges Event. Unbedeutend und zugleich aufgeblasen wie ein Europa-Politiker. Denn es gibt zwei Kategorien von Festivals: Hier Cannes, Venedig und der, haha, Geheimtipp Toronto. Und dort die Holzklasse: Brakel, Eberswalde, Berlin. Champagner gegen Bier, Wachtelzungenpastetchen gegen Erbsensuppe, Mai gegen Februar, de Niro gegen Kosslick. Bezeichnend sind allein schon die unterschiedlichen Trophäen. Hier die »Goldene Palme« und der »Goldene Löwe«, dort der »Brakeler Blumentopf« (sprichwörtlich geworden in der Redensart »keinen Blumentopf gewinnen«) oder der »Goldene Bär«, dessen Name an den Preis eines halbseidenen Pornofestivals erinnert.

Und doch funktioniert es. Denn hier sieht man, wie ein Hype perfekt konstruiert wird. Drei Vorverkaufsstellen für dreieinhalb Millionen Einwohner, Propaganda, Medien, Gerede, Ansturm, Schnecken. Durch die künstliche Verknappung einer an sich wertlosen Ware (Tickets für Filme, die entweder sowieso … ich sagte es bereits) wird die Chimäre eines Mangels erzeugt – die natürliche Gier des Menschen, Exklusiveres zu besitzen als sein Nächster, tut das Übrige dazu. Es ist halb zwei.

Erstaunlich, wie trotzig man wird, sobald man drei Stunden angestanden hat, obwohl man dann längst ahnt, dass noch mindestens weitere drei hinzukommen dürften. Jetzt verstehe ich, warum Hitler in aussichtsloser Lage doch nicht kapitulierte und so den völligen Untergang in Kauf nahm. Es wäre einfach zu schade um den bis dahin geleisteten Aufwand gewesen.

Im gar nicht mal so großen Kassenvorraum des International wickeln sich zehn Schnecken dicht gedrängter Schneckensteher hinter-, an- und nebeneinander hoch und runter. »Würden Sie bitte Ihren Bart aus meinem Mund nehmen?« – »Hey, das sind meine Popel!« – »Haben Sie wenigstens an ein Kondom gedacht?«

Warum bin ich eigentlich hier, obwohl ich doch alles so glasklar durchschaue? Nun, wegen meiner Freundin. Sie findet den Scheiß offenbar wichtig. Stammt halt aus München. Aperol Spritz, Sushi, Nebensätze. Aber ich hab sie trotzdem gern. Und sie hat keine Zeit zum Anstehen, sie hat einen richtigen Beruf. Also stehe ich hier, für sie und ihre Freundin, die extra ebenfalls aus München anreist. Das ist echte Liebe. Ach was. Liebe ist überhaupt kein Ausdruck, Aufopferung ist das, hündisch ergebene Kamikazemasochistenselbstmordattentäteraufopferung hoch zehn.

In der Schneckenwindung vor mir erblicke ich eine Bekannte, sie linksdrehend, ich rechtsdrehend, in jeder folgenden Windung umgekehrt. Einmal in der Stunde grüßen wir uns bei der Wiederbegegnung, so lang dauert die Überwindung einer Windung, erst freundlich, dann zunehmend müde, am Ende gar nicht mehr. Auch anderthalb Lesebühnenzuschauer glaube ich zu erkennen. Sie wirken bass erstaunt, dass jemand wie ich, in meiner Position, in meinem Rang, noch ganz normal selber anstehen muss. Wenn sie wüssten, dass es nicht mal für mich selbst ist.

Halb drei. Eine der beiden Kassen schließt, um für das Tagesgeschäft des International zu öffnen. Die Schnecke wird immer kürzer, leider nur hinter mir. Ich habe zunehmend regressive Gedanken: »Dauert es noch lang? Ich bin müde, ich hab Hunger, ich muss Pipi.«

Ah, nicht das Wort! An was anderes denken, an was anderes denken, an was anderes denken! Zum Beispiel an Fontänen, Springbrunnen, Wasserrohrbrüche. Nein, an Wüste.

Lalalala – Wüstewüstewüste, staubtrocken, furztrocken, knochentrocken. Ich will nicht nach fünf Stunden vergeblichen Wartens buchstäblich ausscheiden. Wie machen das eigentlich die anderen?

Aha, so. »Können Sie mal bitte den Pipi-Eimer weiterreichen?«, ruft jemand quer durch den Raum und das Notgefäß mit dem Logo vom Kino International wandert durch die Schnecke, so dicht, hier kann kein Tropfen zu Boden fallen. Gut, dass die Berlinale im Winter ist – lange Mäntel sorgen für hinreichende Diskretion.

Mit meinem kurzen Anorak scheue ich jedoch den Eimer. Zwar bin ich mit den Schneckennachbarn seit Stunden auf engstem Raum zusammengepfercht, atme ihren Geruch, könnte ihr leidvolles Stöhnen längst im Schlaf auseinanderhalten und finde doch, dass wir uns nicht gut genug kennen. Auch die Massagen der vom langen Stehen schmerzenden Rücken, die die Umstehenden einander selbstlos geben, sind mir zu intim. Ich hab echt nen Stock im Arsch. Ist aber nicht meiner. »Hier haben Sie ihn zurück, Sie armer alter Mann …«

Um dies wenigstens kurz zu machen: Um fünf bin ich durch.

Wunschnachbar Traumfrau

In den eher seltenen Fällen, in denen ich träume, erwarte ich zum Ausgleich schon ein bisschen Action. Umso größer ist nun die Enttäuschung, als der Traum in etwa folgendermaßen verläuft: Aus einer Flasche Olivenöl der Marke »Gut & Günstig« gieße ich Öl in eine Bratpfanne und merke dabei, dass die Flasche fast leer ist. Also greife ich zu einer anderen Flasche Öl derselben Marke. Ich weiß nach dem Aufwachen noch, dass ich mich im Traum über deren Vorhandensein zunächst ein ganz kleines bisschen gefreut habe. Dann gieße ich weiter und stelle fest, dass diese Flasche genauso leer ist. Damit endet der Traum.

Was soll denn das bitte für ein Traum sein? Wenn ich träume, will ich Abenteuer erleben, lachen, mich gruseln, erschrecken oder wundern, gern darf es auch mal ein bisschen Erotik sein, egal mit wem, ich kann ja schließlich nichts dafür.

Aber nach dem Traum mit dem Öl sowie dem anderen neulich, in dem ich eine Stunde lang gefesselt in einen bleigrauen Himmel starrte, ohne dass irgendwas passierte, kann ich mir meine ganz persönliche Traumfrau bereits lebhaft vorstellen: Mit Eimer, Schrubber und Besen klötert die nicht gerade taufrische Traumpflegerin, die einen uralten geblümten Putzkittel trägt, in meinen Traum hinein.

»Machense ma die Füße hoch«, kommandiert sie übellaunig. »Ich bin nicht zum Spaß hier – ich muss schließlich Ihren Traum aufräumen. Was für ein Saustall! Dass die Träumer aber auch nie selber mal ein bisschen Ordnung halten können!« Dann wischt sie, mit ihrem Mopp rücksichtslos an die Beine dengelnd, unter dem Traumhocker herum, auf dem ich sitze, während ich mit den leeren Olivenölflaschen hantiere.

Ein naher Verwandter der Traumfrau ist der Wunschnachbar. »Die Sendung wurde an Ihren Nachbarn/Wunschnachbarn ausgeliefert«, lese ich im Hausflur auf einem Zettel der DHL.

Traum und Wunsch werden ja oft und gern miteinander verwechselt. Nicht ganz zufällig, denn schließlich ist der Wunsch nicht nur Vater des Gedankens sowie Schlafes Onkel (Schlafes Bruder ist ja schon der Tod und Schlafes Mutter das Kopfkissen), sondern zugleich auch der Schwager des Traums und der Yogalehrer des Befehls. In welchem Verwandtschaftsverhältnis, so lautet nun die kleine, aber feine Zwischenfrage, steht denn dann der Schlaf zum Gedanken, der Traum zum Tod und der Wunsch zum Kopfkissen?

Nun, die Antwort ist ganz einfach: Der Schlaf ist ein Cousin des Gedankens, der Wunsch der Bruder des Kopfkissens und der Traum ist der Vater des Todes. Das mag jetzt dramatischer klingen, als es ist. Denn bestimmt hat er als Vater alles richtig gemacht, genauso wie Mutter Kopfkissen. Sie haben ihm Fürsorge, Zeit und unendlich viel Liebe geschenkt, sie haben ihn auf die beste Waldorfschule am Platz geschickt, Onkel

Wunsch hat ihn mit zum Fußball genommen und zum Drachensteigen und trotzdem hat er sich am Ende für den Beruf Tod entschieden und eine Werwölfin geheiratet. Manchen Leuten kann man eben nicht so richtig helfen.

Mein Wunschnachbar ist übrigens sehr leise und unglaublich freundlich. Ohne zu klagen, nimmt er sämtliche Pakete für mich an und sortiert sie nach Größe und Eingangsstempel. Immer, wenn ich es brauche, leiht er mir sein Auto und oft will er es hinterher gar nicht zurück, weil er »eh schon wieder ein neues« hat. Am Nikolaustag stellt er mir erlesenes Gebäck und eine Flasche Schampus vor die Tür. Er heizt seine Wohnung auf vierzig Grad, damit ich Energiekosten spare. Wenn er ausnahmsweise mal nachts spät nach Hause kommt, wartet er unten im Hof, bis ich ausgeschlafen habe, weil er mich nicht durch Schritte im Treppenhaus oder Schließgeräusche an seiner Wohnungstür wecken will. Natürlich bringt er dann Brötchen und die Zeitung mit. Er will nichts dafür haben, nur mein Wunschnachbar bleiben. Da könnte sich die Traumfrau mal ne Scheibe von abschneiden.

Brust oder Keule

»Auf die Fresse!«, ertönt es in der kleinen Anklamer Turnhalle aus Hunderten von Kehlen. »Ehre! Treue!! Anmut!!!«

Banner mit Parolen in Frakturschrift werden geschwenkt, zahllose Böller explodieren auf der dreizehn mal dreizehn Meter großen Wettkampffläche. Wir befinden uns bei der Rhythmischen Sportgymnastik.

Beim DFB reibt man sich die Hände. Nachdem das umstrittene Konzeptpapier »Sicheres Stadionerlebnis« gegen alle Widerstände verabschiedet wurde, haben Ultras, Fans und vor allem Hooligans eine Alternative gesucht und gefunden. Es war Liebe auf den ersten Blick.

Vor unseren Augen turnt Anmut Anklam, der souveräne Serienmeister dieser Sportart. Wenn es für die jungen Damen von der Ostseeküste in den Spitzenbegegnungen mit Liebreiz Liebenwerda und Beinchen Bitterfeld ausnahmsweise doch einmal eng wird, bringt meist ein überraschender K.-o.-Sieg die glückliche Wendung. Die Kampfrichterinnen sind nämlich nach wie vor vollkommen ungeschützt, auch wenn ihre vormalige Arglosigkeit längst Resignation und Fatalismus gewichen ist. Krankmeldungen wegen Depressionen, Schlafstörungen und Panikattacken sind im Vorfeld eines Wettkampfs mittlerweile die Regel. Die frei gewordenen Plätze werden von den engagierten Sportsfreunden in den Thor-Steinar-Klamotten eingenommen. Der elegante Umgang mit Seil und Reifen, Ball und Band fasziniert die hartgesottenen Männer.

Am beliebtesten ist allerdings die Keule. Die schmettert gerade Holger H., 41, Kampfname »Häschen«, seinem Bitterfelder Kontrahenten auf den Schädel, ehe er sich zu einem kurzen Gespräch bereit erklärt. Vom Hooligan der Kategorie B (nach der sechsundzwanzigfachen deutschen Meisterin Magdalena Brzeska) erfahren wir, dass sie nach der Neuorientierung hier zunächst das Paradies vorfanden: »Keine Bullen, keine Kameras, keine Zäune, gar nichts. Jeder Wettkampf war eine offene Feldschlacht.«

Abseits der Veranstaltungen sowie seines täglichen Lebens könnte der zwei Bruttoregistertonnen schwere Amphetaminhändler keiner Fliege ein Härchen krümmen. »Das würde mir auch keinen Spaß machen«, grinst der ehemalige Bosnien-Söldner und zeigt zwei Reihen makelloser Zähne aus Kruppstahl. »Ich muss den Gegner schon richtig bluten sehen.«

Häschen ist Mitglied der »Brigade Hupfdohlen 88«, der Verbindungen zur rechten Szene nachgesagt werden. Der Verfassungsschutz Mecklenburg-Vorpommern zeigte sich anfangs erfreut, als die Fanatiker vom Fußball weg und hin zum Rudern und zur Sportgymnastik zogen, um ihre »Mädels« (Szenejargon) anzufeuern. Die szenekundigen Beamten erhofften sich eine schleichende Besänftigung ihrer gewaltbereiten Klientel unter dem Eindruck sanfter Klänge und geschmeidiger Bewegungen.

Doch da haben sie die Rechnung ohne den Wirt gemacht. Denn schon beim ersten Ortstermin weht den Beobachtern dröhnende Punkmusik um die Ohren. Die Übungen der Gymnastinnen wirken ruckartig, ab und zu stößt eine beim Führen des Bandes ein lautes »Oi!« aus, bei umstrittenen Entscheidungen bildet sich sofort ein Rudel einander schubsender dünner Mädchen am Mattenrand. Der Einfluss der neuen Anhängerschaft ist groß, schließlich bringt sie einer Randsportart, die bisher ein Mauerblümchendasein im Schatten von König Fußball fristete, neben ein paar Problemchen auch eine völlig neue Medienaufmerksamkeit. Straßensperrungen und entglaste Bushaltestellen im Umkreis von mehreren Kilometern, über der unauffälligen Schulturnhalle knattern in einem fort die Hubschrauber der Bundespolizei.

Auch hier also beginnt schon wieder der Repressionsapparat des Staates damit, das harmlose Samstagsvergnügen Hunderttausender zu kriminalisieren. Den flexiblen Hools ist das egal. Sie hatten hier ihren Spaß, sie werden ihn auch woanders finden.

»Wenn alle Stricke reißen, können wir immer noch zum Schach«, erklärt Häschen gelassen. »Oder zum Schulsport. Da habe ich sowieso noch eine Rechnung offen.«

Gewissensfrage

Jahrelang hatte ich ja gar keinen Balkon. Das erklärt meine wilde Entschlossenheit, das neue Luftschloss auch unter schwierigsten Bedingungen zu nutzen.

Heute ist der erste Tag, an dem die Sonne nicht mehr in der Lage ist ... Moment, ich halt mir mal eben kurz die Ohren zu, bis dieser wahnsinnige Krach aufgehört hat ... ah, besser jetzt ... also die Morgensonne nicht mehr über die Giebel des Hauses gegenüber steigen kann oder will. Mitte Oktober ist verdammt früh für diesen Zustand, den ich mir eigentlich nicht vor Dezember erhofft hätte.

Kalt ist es geworden, das Thermometer vor dem Schlafzimmerfenster zeigt nur noch sechs Grad Frühtemperatur an. Zwar im Schatten, aber der ist ja jetzt überall. Mit dicken Socken und zwei Pullovern sitze ich auf dem Balkon und versuche, gegen die Firma Zapf anzuschreiben, deren Mitarbeiter direkt vor meinem Haus den Motor ihres großen LKWs warm laufen lassen. Fünf Minuten lang, zehn Minuten, eine Viertelstunde. Ich experimentiere mit Ohrenschützern und Beruhigungsmitteln und teste aus, womit ich besser tippen kann: mit Fäustlingen oder mit Fingerhandschuhen.

Das Ergebnis erläutert dem Laien simpel und anschaulich, wie hier Lyrik und da schlichte Unterhaltungsprosa entsteht. Denn mit Fingerhandschuhen wirken die Texte feinsinniger und strukturierter, mit Fäustlingen dafür kraftvoll und urwüchsig, außerdem ist die Seite schneller voll und ich darf Pause machen. Auch das Geheimnis um den besonderen Buchstabenreichtum der finnischen Sprache lüftet sich hier quasi nebenher.

Endlich hört man den LKW nicht mehr. Ich atme auf. Da es mir schwerfällt, mich zu konzentrieren, dauert es eine ganze Weile, bis ich merke, dass ich umsonst aufgeatmet habe. Oder besser, dass das, was ich fälschlich für ein Aufatmen hielt, ohnehin nur panisches Hyperventilieren ist. Denn der Motor läuft wohl durchaus noch, wird aber um ein Vielfaches übertönt von zwei Strolchen, die ebenfalls direkt vor meinem Haus Gehwegplatten mit einem Steinschneider zersägen. Die muss der Teufel geschickt haben. In der guten alten Zeit hätte man solche Leute gepfählt oder gerädert. Es war nicht alles schlecht, früher.

Ich höre mir den Ohrenmord eine Weile an und überlege, ob es korrekt von mir wäre, zu wünschen, dass sich einer der Arbeiter mit seinem verfickten Steinschneider versehentlich das Bein absägt. Dann wäre bestimmt für heute Ruhe, vielleicht sogar für morgen, bis die Schweine aus ihrem sicher unerschöpflichen Reservoir an lärmenden Fieslingen einen intaktbeinigen Ersatz herbeigekarrt hätten.

Was würde Dr. Dr. Rainer Erlinger sagen, der in jedem SZ-Magazin jeweils eine sogenannte »Gewissensfrage« eines seiner Leser beantwortet. Die Fragen sind oft derart banal, dekadent und neurotisch, dass man den Fragestellern abwechselnd eine Psychotherapie oder wirkliche Probleme wünscht.

Daher würde sich Erlinger gewiss zur Abwechslung über eine Frage freuen, in der es um Leben und Tod oder zumindest eine äußerst schwere Verletzung geht, und einmal nicht darum, ob man sich über Senioren oder Ängstliche ärgern darf, die zum Aussteigen schon lange vor Ankunft des Zuges mit ihren Koffern den Mittelgang blockieren.

»Sie stellen eine interessante Frage«, würde er in bewährter Erlinger-Manier einsteigen. »Einerseits ist Ihr Zorn auf die verfickten Steinschneider nur zu verständlich. Der Lärm belästigt Sie und hindert Sie an der Arbeit. Obendrein vergällen Ihnen die Strolche den Aufenthalt auf Ihrem neuen Balkon. Das ist die eine Seite. Auf der anderen aber tun die Fieslinge nur ihre Pflicht. Schließlich hat sie der Teufel geschickt. Auch eine schwere Kindheit liegt im Bereich des Denkbaren. Wägt man all diese Aspekte sorgfältig gegeneinander ab und zieht dabei auch die Worte Immanuel Kants ›Es gibt nicht nur hü oder hott‹ zurate, empfiehlt sich ein Kompromiss: Gehen Sie runter auf die Straße und treten Sie den beiden Schweinen mal so richtig in den Arsch. Hinterher werden sich alle besser fühlen.«

Danke, Dr. Dr. Rainer Erlinger. Das werde ich machen.

Von Menschen und Mäusen

Naturerlebnis III

An einem Tag geht uns in der Küche der Datsche eine ausgewachsene Maus in die Falle, am anderen Tag eine zweite. Beide sauberer Genickbruch. Danach ist erstaunlicherweise Ruhe. Wir müssen Vater und Mutter der kleinen Mäusefamilie erwischt haben.

Dieselbe Vermutung äußert auch das Filmteam, das das Geschehen für die Sendung »Natur in der Heimat« einfängt. Der Aufwand ist immens. Sie haben den Boden um die Mäuselöcher behutsam ausgehoben und den Querschnitt der Gänge und des Mäusenests mit einer Scheibe aus Plexiglas versehen. So können sie die Mäuse filmen, ohne dass diese dabei gestört werden.

Zuerst waren wir ja stolz. Als sie gefragt haben, ob sie bei uns drehen dürfen, haben wir sofort Ja gesagt. Der neue

Tierfilm, der unspektakuläre Tiere mithilfe neuer technischer Möglichkeiten zu schillernden Akteuren aufbläst, ist zurzeit State of the Art schlechthin. Preisgekrönte Dokus auf Arte, ZDF Neo, ZDF Animal oder BBC zeigen anrührende Amöbenwanderungen oder den Ringkampf zweier Stubenfliegen in Superslowmo – man hört förmlich ihr Keuchen, sieht die Adern aus jeder Facette ihrer Facettenaugen hervortreten, das Publikum ist begeistert, die Presse jubelt. Es müssen nicht immer Löwen und Elefanten sein – die sterben ja ohnehin bald aus.

Spätestens als wir die fertige Folge »Auf der Datsche: Von Menschen und Mäusen« sehen, sind wir allerdings nicht mehr so glücklich. »Es sind schreckliche Menschen«, dröhnt ein sonorer Bass ernsthaft aus dem Off. »Sie töten die alten Mäuse gedankenlos. Dass sie damit auch die jungen zum Tode verurteilen, ist ihnen egal. Solchen Menschen ist alles egal. Sie denken nur an sich und ihre Bequemlichkeit. Sie sind reich, sonst hätten sie ja keine Datsche. Dass man Reichtum auch teilen kann, kommt ihnen nicht in den Sinn. Keinen Brösel gönnen sie den Nagern. Die winzigen Kotkrümel am Boden ihrer Hütte empfinden sie bereits als unerträgliche Zumutung. Wie sich die selbst ernannte Krone der Schöpfung hier exemplarisch als Herr über Leben und Tod aufspielt, ist obszön und widerwärtig.«

Der Regisseur trägt ein flottes Hütchen. Auch daran erkennt man: Tierfilm ist jetzt Kunst. Die Kamerafrau hingegen hat schwere Wanderstiefel und die Jacke eines angesagten Outdoor-Herstellers an. Ihre Gesichtsfarbe ist gesund. Sie steht für die geerdete Seite des Projekts – ein perfektes Zusammenspiel zwischen Yin und Yang, Geist und Schweiß, Traum und Realität.

Die Kamera zeigt nun das Nest mit den japsenden Mäusekindern. Bald werden sie verhungert und verdurstet sein. »Ihnen steht ein langsames und qualvolles Ende bevor«, sagt der

Sprecher, den man sonst als Synchronstimme von Robert De Niro kennt. Seine Stimme ist noch düsterer als sonst. »Sie wissen nicht, was geschieht. Mit dem unendlichen Vertrauen unschuldiger junger Mäuse warten sie auf Mutter und Vater. Doch die werden nicht zurückkommen. Nie mehr. Sie sind tot. Wie auch bald diese kleinen Mäuslein.«

Die nächste Einstellung zeigt uns beim Grillen, mit einem Bier in der Hand. »Triumphierend feiern die Mörder den Tod der Mäuse«, wird das kommentiert. »Sie lachen, schlemmen und trinken, als belohnten sie sich für eine große Leistung, während sich unter ihren Füßen ein herzzerreißendes Drama abspielt.« Im Hintergrund ertönen »We are the Champions« und das Horst-Wessel-Lied. Die Zuschauer sollen denken, das wäre unsere Party-Musik. Eine nicht autorisierte Großaufnahme zeigt Q. unvorteilhaft beim Pulen nach einem Fleischrest zwischen den Zähnen, eine andere, offenbar durch ein Nachtsichtgerät gefilmte, mich beim Onanieren im Wald.

Natürlich darf das Filmteam die Mäuse nicht retten. Das wäre gegen das Ethos der Tierfilmer. Noch nie hat man gesehen, dass die ein Gnu vorm Krokodil gewarnt oder einen Lachs mit einem Kescher vor dem hungrigen Bärenmaul weggefangen hätten. Ein Eingreifen in den natürlichen Fortgang der Ereignisse ist grundsätzlich tabu.

»Während unserer Arbeit hier sind uns die jungen Mäuse ans Herz gewachsen«, heißt es stattdessen bedauernd. »Lotta und Brigitte, wie wir die beiden Weibchen nennen, sowie die Männchen Peter und Dietmar. Doch Dietmar ist bereits tot. Ahnungslos schnuppern seine Geschwister an dem steifen Körperchen. Es kann sich nur noch um Stunden handeln und sie werden ebenso danebenliegen. Ein Blick ...«, die Kamera zoomt groß auf den Kopf eines Mäusejungen, »... in Peters Augen beweist, dass diese Tiere fast dieselbe Traurigkeit wie wir empfinden.«

Das ist der Schlusssatz. An den kann ich mich noch erinnern, der hätte mich warnen sollen. Und erst recht der Spießrutenlauf, als wir am Sonntagabend packten, um in die Stadt zurückzufahren. Stumm und vorwurfsvoll starrt uns die gesamte Crew von »Natur in der Heimat« an, als wir am Übertragungswagen vorbeimüssen, um zu unserem Auto zu kommen. Nur widerwillig machen sie Platz. Dabei zischt die Tontante irgendwas – »Besteck« oder »Versteck« oder »Verreck« – ich kann es nicht genau verstehen und will es auch nicht.

Gemeinsam stark

Überraschend spektakulär gestaltet sich der Briefmarken-kauf in Kampot am Prek Thom River.

Im Kleinstadtpostamt, von dem es zuvor hieß, es habe nur unregelmäßig geöffnet und man wisse nie, wann, erwarten mich fünf Mitarbeiterinnen und Mitarbeiter. Na ja, »erwarten« ist vielleicht zu viel gesagt. Aber nach dem ersten großen Schreck über das unvermutete Auftauchen eines Kunden ergibt sich dann doch eine langsam in Gang fließende positive Zugewandtheit, eine Art Interesse, fast möchte man sagen: Neugier, was denn Freund Langnase, der rotgesichtig von der Hitze draußen in die ebenso heiße Post getrampelt kommt, hier wohl begehren könnte.

Wie jede Einrichtung und jedes Geschäft im Land ist auch dieses Amt personell extrem überbesetzt. Kein Wunder, dass Teile der Belegschaft, in der Regel gern die Männer, sich oft verpuppten Drohnen gleich in der Hängematte bereithalten, um Kräfte zu sammeln für eventuell anstehende komplexere Aufgaben, die von den Frauen womöglich nicht bewältigt werden können. Doch solche Aufgaben gibt es nicht.

Oder soll ich sagen: »gab es nicht«? Denn diese Prüfung ist im Schwierigkeitsgrad schon grenzwertig: Es kommt anscheinend selten vor, dass jemand im Postamt Briefmarken kauft, geschweige denn so viele. Für zehn Postkarten. In ein fremdes Land. Also nicht nur Briefmarken, was ja schon alleine außergewöhnlich wäre, sondern dann auch noch woanders hin und obendrein so viele. Zehn. Zweistellig. Ich muss mich bei der Niederlegung dieser Zeilen kneifen, weil das Ganze eben so schwer fassbar ist.

Zuerst bekomme ich die kleinen. Klein nur im Nennwert, denn bei den hübschen Marken mit den kleinen weißen Reihern drauf, die es frisch vom Grill mit Kopf und Füßen dran auf jedem Nachtmarkt gibt, handelt es sich um gewaltige Lappen zu je 200 Riel, umgerechnet etwa vier Cent. Das Porto ins ferne Reich der Langnasen beträgt allerdings 3000 Riel – so will es das Ergebnis kurzer, aber heftiger Recherchearbeit.

Über solch gewaltige Stückwerte verfügen sie jedoch nicht in ihrem kleinen Amt, wie sie mir nun ausdrucksstark bedeuten. Warum will ich auch so viele Postkarten bekleben. »Wieso kauft die Langnase nicht gleich das ganze Postamt?«, fragen sie sich gewiss verwundert, aber ob meines Eskapismus auch bewundernswert geduldig.

Auf einer meiner mitgebrachten Postkarten lege ich die wertlosen Riesenlappen nebeneinander, um ihnen zu zeigen, dass bereits mit acht dieser Marken die Karte mehr als vollständig bedeckt ist. Dass ich nicht mehr schreiben kann, ist ja okay. Das ist eh nur Unsinn: Wetter gut, Essen schön, Unterkunft gemütlich. Zu deutsch: Fuck you. Aber dass nicht mal mehr die Adressen draufpassen, und gleichzeitig immer noch nicht alle Marken, erachte ich da schon als schwerwiegender.

Nunmehr hebt aufgeregtes Geschnatter an. Man zeigt mir, auf welche Weise man die Marken halb übereinander kleben kann, sodass sie unter dem strengen Blick des Postgotts gerade noch als gültig angesehen werden. Daneben werden weitere Stückelungen herbeigeschafft und stolz vor mir ausgebreitet wie wertvolles Tuch auf dem Basar, zu 1000 und gar zu 1800 Riel. Mir soll es an nichts mangeln, mein Begehr steht längst im Mittelpunkt des kollektiven Schaffens.

Übrigens arbeiten Männlein und Weiblein hier vorbildlich zusammen. Sicher auch, weil es im Postamt keine Hängematte gibt, vor allem aber in der klugen Einsicht, eine Anforderung dieser Größenordnung nur gemeinsam stemmen zu können. Zwar ist die Frau federführend, spricht gar gut ein Dutzend Worte Englisch und weiß wohl auch als Einzige, in welcher Schublade die exotische Ware aufgehoben wird. Doch nahezu kongenial assistiert ein Mann, indem er mal hier, mal dort erklärend auf Marken verschiedenen Wertes deutet, während ein zweiter zur besseren Veranschaulichung die Marken auf einer verblichenen Postkarte, die eine andere Langnase vor zehn Jahren hier (wozu eigentlich?) gelassen haben muss, hin- und herschiebt, auffächert und stets aufs Neue geschickt kombiniert.

Ein vierter, noch jüngerer Angestellter schaut seinen Vorbildern dabei lernbegierig über die Schultern. »Alles wird gut«, motiviert sein Blick die Kollegen und auch mich.

Und so ist es. Ich zahle zehn Dollar, bekomme entsprechend zehntausend Riel zurück und wende mich zum Gehen, schwer bepackt mit Briefmarken. Zum Abschied hübsch in einer Reihe aufgestellt, legen alle fünf Angestellten die Hände vor den Herzen zusammen und verbeugen sich lächelnd. Ich tue es ihnen gleich. Som akun.

Den Fahrern der weißen Lieferwagen

Ausgiebig schaue ich erst nach links und dann nach rechts. »Schau links, schau rechts, schau geradeaus, dann erwischt dich sicher einer von links, weil du da schon lange nicht mehr hingeguckt hast.« So oder ähnlich lautet die Regel, die mir schon als Schulkind eingetrichtert wurde. Bis heute habe ich sie nicht vergessen.

Und tatsächlich werde ich um ein Haar von links überfahren. Denn als der Hauptstrom der Autos längst an mir vorüber ist, hetzt in einem Höllentempo noch der obligatorische weiße Lieferwagen hinterher. Natürlich bei Rot. Das ist bei dem Abstand zu den anderen vollkommen klar. Es bedeutet aber auch – Faustregel! –, dass ich danach wirklich sicher die Fahrbahn überqueren kann. Es sei denn, nun käme noch ein zweiter weißer Lieferwagen bei derart tiefem Rotlicht, dass es fast schon wieder grün wird.

Der weiße Lieferwagen, wie so oft der Marke Mercedes Sprinter, fährt mir fast über die Füße und so dicht an mir vorbei, dass ich das Rote in den Augen des Fahrers erkennen kann. Ich weiß nicht, ob das die Übermüdung, die Amphetamine oder das in der Pupille gespeicherte und wiederscheinende Rotlicht sämtlicher bereits an diesem Tage verkehrswidrig überfahrener Lichtzeichen ist.

Auf jeden Fall tut er mir leid. Die Fahrer aller weißen Lieferwagen tun mir leid. Als anständige junge Burschen machen sie in ihrer Jugend ganz normal den Führerschein und legen voller Inbrunst den üblichen Eid auf die Straßenverkehrsordnung ab. Anschließend fahren sie mit einem kleinen Fiat achtsam durch die Gegend. Sie tun keiner Menschenseele etwas zuleide, noch nicht einmal den Radfahrern, blinken artig, hupen nur bei großer Gefahr und nachts schalten sie sogar die Scheinwerfer ein. Gewiss kann es passieren, dass sie mal schalkhaft auf Schülerlotsen zuhalten, doch stets bleiben sie freundlich schmunzelnd wenige wohlberechnete Zentimeter vor ihnen stehen. Kurz, sie sind vorsichtige und rücksichtsvolle Verkehrsteilnehmer.

Dann die Lehre oder ein Studium. Die erste Freundin, die zweite, die dritte. Alles läuft gut, alles nach Plan. Doch nach der Ausbildung gerät das Leben ins Stocken. Für einen Kulturwissenschaftler mit dem Nebenfach Lebensmittelästhetik findet sich kein Job. Bei der allerersten Trunkenheitsfahrt landet der Fiat gleich an einer (immerhin noch grünen) Ampel. Erste Vorstrafen wegen Körperverletzung und unerlaubten Drogenbesitzes. Speed, Kokain, Pfeffi. Auch die dritte Freundin sucht das Weite.

Als der zukünftige Fahrer eines weißen Lieferwagens schließlich ganz am Boden ist, taucht wie aus dem Nichts auf einmal dieses Inserat auf:»Lieferfahrer gesucht«. Ein Rettungsanker! Vielleicht wird ja doch noch was aus seinem Leben? Er bewirbt sich und wird genommen. Man weist ihn ein und drückt ihm den Autoschlüssel für den im Hof stehenden weißen Lieferwagen in die Hand. Er setzt sich hinein, dreht den Zündschlüssel – aber was ist denn das?

Das Gefährt rast auf einmal los wie nichts Gutes. Er versucht noch die Bremse zu treten, doch auch die ist ein Gaspedal. Die Kupplung: Ein drittes Gaspedal. Die Blinker, der Scheibenwischer, die Heizung: Alles Gashebel und -knöpfe. Nur das Radio funktioniert wie gewohnt, wenn auch nur auf höchster Lautstärke, und die Hupe. Damit kann er wenigstens die anderen Verkehrsteilnehmer warnen, während er BVG-Busse schneidet, Radler umnietet und mit hundert Sachen über rote Ampeln, Zebrastreifen und durch Spielstraßen kachelt. Es dauert eine ganze Weile, bis er merkt, dass man mit der Hupe auch bremsen kann, wenn man sie länger als fünf Minuten am Stück betätigt. Aufatmend parkt er auf der linken Spur, dem Radweg oder Bürgersteig. Woanders geht nicht, dann bockt die Karre und heizt von selbst sofort wieder los. Da kann er gar nichts machen.

Es ist schon ein rechtes Kreuz, auch wenn die Kunden zufrieden mit der zügigen Bedienung sind. Doch der Stress macht ihn wahnsinnig. Die Fahrer der weißen Lieferwagen tun mir leid.

In der Höhle des Möwen

Eine taz-Mitarbeiterin ruft an. Die kenne ich noch gar nicht. Sie fragt, ob ich am folgenden Montag die Blattkritik für die Wochenendausgabe übernehmen wolle. Mit allem, was dazugehört: die ganze Ausgabe lesen. Mir Gedanken darüber machen. Notizen zu den Gedanken. Gedanken zu den Notizen. Zur taz fahren. Vor circa fünfzehn Mitarbeitern referieren. Über die Gedanken, die Notizen zu den Gedanken und die Gedanken zu den Notizen. Diskutieren. Das sei ein fester Termin bei ihnen, da werde jede Woche ein Außenstehender eingeladen.

Und diesmal soll ich das machen. Nur für die Ehre. Offenbar wissen sie, dass ich so wenig davon habe, dass ich noch welche brauche. Nach Geld frage ich jedenfalls gar nicht. Die Logik ist ohnehin klar: Für einen Text bekomme ich in der Regel einen Heller, folglich für keinen Text keinen.

Sie präzisiert den Begriff »Außenstehende«: »Meist laden wir dazu Journalisten ein, oder Leute, die wir richtig gut finden.«

»Ach so. Ich weiß ja, dass ihr mich richtig gut findet«, simuliere ich scherzhaft Selbstbewusstsein.

Sie geht zum Schein darauf ein und erwähnt einen Schwimmbadtext von mir, der ihr gut gefallen habe. An einen Schwimmbadtext erinnere ich mich nicht. Der war bestimmt von einem dieser Schlaumeier, die hier immer den ganzen coolen und kritischen Stuff zu Papier bringen. Aber ich schmücke mich gern mit fremden Federn. »Ja, der Schwimmbadtext«, sage ich. »Hihi. Ein feines Stück.«

Weil ich mich geschmeichelt fühle und außerdem dringend aufs Klo muss, sage ich schnell zu.

»Ich freue mich«, sagt sie.

»Du dich auch«, sage ich.

Ich lege auf und bekomme auf der Stelle Angst. Ein Vortrag. Eigene Gedanken, Meinung, Haltung, Argumente. Sprechen. Wenn ich sprechen könnte, würde ich doch nicht schreiben. Schließlich wäre Sprechen vom Grundaufwand her viel leichter. Ogottogottogott.

Weil ich mich das am Ende ganz bestimmt nicht trauen werde, male ich mir wenigstens aus, wie ich am Montag auftreten könnte. Wie ich, noch bevor ich mich setze, die dicke Wochenendausgabe aus der Jackentasche ziehe und wie einen Fehdehandschuh auf den Tisch klatsche. Wie ich mit den Fingerknöcheln der geballten Faust draufschlage und energisch Dinge sage wie »Herrschaften: Was habt ihr euch eigentlich dabei gedacht?« oder »Freunde: So geht das nicht!« Vor dem Spiegel übe ich das dazugehörige Gesicht.

Vor Aufregung kann ich drei Nächte lang nicht schlafen, dann ist der Montag da. Im taz-Gebäude an der Axel-Springer-Straße werde ich auf den Dachboden geführt, wo mir in der Mehrzahl völlig unbekannte junge Mitarbeiter auf mich warten. Das macht mir Mut, die haben noch nicht jahrelang Hass gegen mich aufgebaut. Also lege ich tatsächlich los. Auf Seite 17 fehlt ein Komma. Auf Seite 50 ist ein kleiner Fettfleck.

Kann sein, dass ich den selber draufgemacht habe, aber das ist egal. Man hätte die Zeitung auch imprägnieren können, wenn man sich nur ein bisschen Mühe gegeben und an den Leser gedacht hätte. Frühstückssituation und so. Das ist doch der Klassiker. Aber nein, der Leser ist ja offenbar die Melkkuh der Nation. Mit dem Trottel kann man es ja machen. Meine Stimme wird schneidend, ich rede mich zunehmend in Rage.

Sie versuchen ein gefasstes Gesicht zu machen. Immerhin haben sie mich eingeladen. Wenn eine Seite schön gestaltet ist, sage ich, dass das »komplett an mir vorbeirauscht, weil ich jetzt echt nicht so'n super ausgebildetes ästhetisches Empfinden« hätte. Wenn ein Artikel klug geschrieben ist, sage ich, dass ich »nun nicht gerade so der Megaintellektuelle« wäre. Eine Sau kritisiert die Perlen. Das müssen sie spätestens jetzt gemerkt haben, nicht zuletzt an meiner sich in maßloser Wut überschlagenden Stimme.

Sie bleiben trotzdem freundlich, während ich mir auf einmal denke, dass sie jetzt bestimmt traurig sind. Diese jungen Menschen haben nach bestem Wissen und Gewissen im Schweiße ihres Angesichts und unter unsäglichen Entbehrungen diese im Grunde großartige Zeitung gebastelt. Ihr Herz liegt zwischen den Zeilen vergraben, ihr Hirn und ihre Seele. Ihr Leben. Und was mache ich? Darauf herumtrampeln. Dabei müsste gerade ich es doch viel besser wissen.

Damals. Ich bin ein kleiner Junge. Winzig geradezu. Mit Buntstiften habe ich meiner Stiefmutter ein Bild gemalt: Da oben links, die Sonne. Da unten, ein Wurm. Der Wurm ist bunt und trägt einen lustigen Hut. Oben rechts Vögel, die sind einfacher, das sind nur so Vau-Buchstaben. Bäume, ganz viele Blätter, grün, sehr anstrengend. Den Elefanten muss ich mit Bleistift stundenlang schraffieren. Ich brauche drei Tage für das Bild. Stolz zeige ich es der Stiefmutter.

Sie schreit mich an. »EIN WURM TRÄGT KEINEN VER-DAMMTEN FUCKING HUT!! Du dämliches Dreckschwein!

Du Pestratte! Du Pfuscher! Du Nichts!« Sie tritt mir mit ihren Wanderstiefeln, an denen auch im Sommer stets Steigeisen befestigt sind, ins Gesicht. Zerreißt das Bild, zündet die Fetzen an und scheißt, kotzt und eitert dann ein Hakenkreuz auf die Asche. Ich bin starr vor Schreck. Auch die Enttäuschung ist groß. Sie brüllt, Rauchwolken steigen aus ihrem Mund, sie lässt auf meinem Popo die Maultierpeitsche tanzen. Als mein Stiefvater nach Hause kommt und die Stiefmutter ihm keifend Bericht erstattet, zerrt er mich nur wortlos zum Stieffenster und wirft mich hinaus. Zum Glück Erdgeschoss. Wir wohnten übrigens in Prag.

Das war wohl der Tag, an dem ich mein ästhetisches Gefühl und meinen intellektuellen Anspruch ein für alle Mal zu Grabe trug. Ich sollte mich eigentlich hüten, andere Menschen ganz genauso zu entmutigen. Doch jetzt ist es zu spät.

Der Ernst des Lebens

Das Bauhaus an der Hasenheide ist die reinste Apotheke. Gerade noch rechtzeitig bemerke ich an der Kasse, dass sie mir für die formschöne Klobürste der Marke »Cosy Clean«, die oben in der Sanitärabteilung mit neun Euro ausgepreist ist, 28,95 Euro berechnet haben. Bin ich ein Goldscheißer im wahrsten Sinn des Wortes? Die können sich das Gerät sonst wohin schieben, denn wenn ich mir nach dem Kauf einer Klobürste nichts mehr zu essen leisten kann, brauche ich auch keine Klobürste mehr. Oben bei Karstadt finde ich zum Glück fast das gleiche Modell für zehn Euro im Angebot.

Überaus zufrieden begebe ich mich ins Erdgeschoss zurück, wo meine Zufriedenheit rasch Trauer und Entsetzen weicht. Hier werden massenhaft Schultüten angeboten, große und kleine, bunte und ganz bunte – offenbar steht in Berlin der Schulbeginn bevor. Mit einem Schlag lauert das Trauma meiner eigenen Schulzeit wie ein schwarzes Tier im Raum und knurrt mich an. Schlimme Bilder steigen an die Oberfläche wie giftige Blasen aus den Tiefen meiner faulenden Erinnerung: wie ich von Anfang an systematisch gebrochen wurde, mit Mathematiklatein, Jägerlatein, Lateinlatein.

In meiner Erinnerung hatten wir praktisch immer nur Latein. Und zwar mindestens vom ersten Schuljahr an. Das war eine fatale Modeerscheinung wie das provisorische Entfernen der Mandeln. Gerne wird empört in die Ferne gezeigt, wo Genitalverstümmelung und Scharia herrschen, dabei brodelt auch im eigenen Land der menschenfeindliche Wahnsinn unter der dünnen Oberfläche der Aufklärung. Man ging – das lasse man sich mal auf der Zunge zergehen! – davon aus, ein Schüler, der Latein lerne, lerne damit automatisch alle anderen Sprachen gleich mit. Was für ein bescheuerter Irrtum, war doch schließlich sogar das Gegenteil der Fall: Der Schüler sprach nun nämlich überhaupt keine Sprache mehr, noch nicht mal Latein, denn das sprach im eigentlichen Sinne ohnehin niemand, die waren ja längst alle tot, und wer sich an der Grammatik versuchte, wusste, dass dieser Tod furchtbar gewesen sein muss.

Die Lateinlehrer galten durch die Bank als extrem streng: Herr Karzer, Frau Magenbitter und Herr Judenfeind. »Lirum, larum, Löffelstiel« deklamierend schritten sie militärisch durch die Bankreihen. Wir mussten die Deklination im Chor nachsprechen. Wer aus dem Rhythmus fiel, bekam mit einem biegsamen, in einem Stück aus einer langen Ochsensehne geschnitzten Stock auf der Stelle tierisch in die Fresse. Am Ende jeder Stunde bluteten fast alle aus Mund und Nase, manche auch aus den Ohren.

Natürlich hoffte man durch Fleiß und gutes Verhalten das Schlimmste zu verhindern. So versuchten wir wie ins Eiswasser geplumpste Titanic-Passagiere durch hektisches Schnipsen und Rufen geradezu panisch auf uns aufmerksam zu machen: »Herr Karzer, ich weiß was …!«

Doch wenn Karzer dann mit seinem spitzen Knochenfinger mehr auf uns zielte denn zeigte, fraß die Angst mit einem Schlag alles Wissen und du wusstest nichts. Nichts wusstest du. Gar nichts. Und kamst in den Heizungskeller der Schule, wo die Ratten erhängt von der Decke baumelten und die Geister hier unten vergessener Schülergenerationen hohl um die Gnade einer christlichen Bestattung flehten. Das war meine Schulzeit.

Und jetzt die Schultüten. Freudig erregt streifen Mütter und Väter um die Stellagen herum. Doch mir erscheinen die Tüten wie leere Mützen besonders böser Zwerge. Es ist, als schicke man Frontsoldaten zum Hohn mit bunten Helmen voller Süßigkeiten in den Tod. Für die nichts ahnenden Kinder bedeuten sie das Ende ihrer Freiheit und im Grunde auch ihres Lebens, denn was mit Eintritt der Schulzeit bleibt, wird man Leben nicht mehr ernstlich nennen können.

Man wird ihren erwachenden Geist in enge Käfige aus nutzlosem Wissen sperren. Die zarten Pflänzchen ihrer aufkeimenden Fantasie wird man in einer beißenden Lauge aus Anglerlatein, Häkeln und Frühsanskrit ersäufen und ihre Seelen in winzig kleine Späne schreddern, bis sie für den Rest ihres Lebens nur noch stumm schreiend aus dem vergitterten Fenster einer Gummizelle oder dem verglasten eines Bankhochhauses starren und auf Boni oder Beruhigungsspritzen warten können. Aber vielleicht sind die Schulen heute ja auch anders.

Im Glücksgarten

Wohlig warm schien die Sonne. Am blauen Himmel formten harmlose weiße Wölkchen beruhigende Muster. Wie jeden Tag hatte es exakt siebenundzwanzig Grad im Schatten bei nicht zu hoher Luftfeuchtigkeit und einer angenehmen Brise. Es war ein Wetter zum Wohlfühlen wie jeden Tag auf der Glückswiese im Glücksgarten und alle fühlten sich wohl. Sie waren so unendlich glücklich hier, wie jeden Tag.

Die Gänseblümchen machten Witze mit den Butterblümchen und die Tiere neckten und zausten einander, dass es eine reine Freude war. Alle waren extrem positiv. Die Dideldadeldudelmaus lachte über das ganze Gesicht, das Wuffelschnuffelhundchen rollte grinsend über den Rasen und das Miezemauzekätzchen warf mit glitzerbuntem Konfetti um sich. Hoch über allen turnte froh das Waffelbaffeläffchen in den lichtdurchfluteten Bäumen, deren mildes Grün alles noch heller und schöner machte, als es ohnehin schon war. Hühpferdchen und Mähschäfchen tanzten auf rosa Schwebebalken Spitze und wenn eines fiel, so fiel es unendlich weich, lachte, stand auf und tanzte weiter. Glückliche Grunzschweinchen bliesen einander im sportlich fairen Wettstreit Wattebäuschchen zu – wichtig war niemals der faschistoid tumbe Sieg, sondern die selbstlose Freude am Geschick des Spielpartners. Der Rest der Tiere lag einfach nur herum und war wunschlos glücklich. Bloß der beleibte Brummelbär war ein winziges bisschen weniger positiv als die anderen, die sich deshalb besonders rührend um ihn kümmerten.

»Es kommt auf die Einstellung an, bester beleibter Brummelbär«, flöteten sie, nahmen ihn in die Arme und kosten und herzten ihn ein wenig. Auch Sexualität war beileibe kein Fremdwort auf der Glückswiese im Glücksgarten, doch diente sie nicht der egomanischen Triebabfuhr, sondern der Festigung einer tiefen und liebevollen Nähe. Und so war auch der beleibte Brummelbär meist schnell wieder zufrieden.

Jeden Nachmittag um drei kam die liebe Frau in den Glücksgarten und setzte sich auf ein Kuschelkissen inmitten der Glückswiese. Um sie herum ließen sich alle nieder und blickten die liebe Frau erwartungsfroh und voller Zuneigung an. Sie wussten: Nun war Glücksstunde, und gleich durfte ein jedes sagen, wie glücklich es war. Darauf freuten sie sich schon seit dem Morgen, obwohl sie sich ja ohnehin fortwährend auf und über alles freuten.

»Nun?«, fragte die liebe Frau mit hauchzarter Stimme die Dideldadeldudelmaus, »bist du glücklich, liebe Dideldadeldudelmaus?« Und die Dideldadeldudelmaus antwortete: »Ja, liebe liebe Frau – ich bin sehr, sehr glücklich.« »Das freut mich«, antwortete die liebe Frau, und ihr Tonfall klang so ehrlich wie der Tonfall aller hier, denn Lüge, Opportunismus oder auch nur ausweichende Rede waren hier auf der Glückswiese und speziell zur Glücksstunde vollkommen unbekannt. Die liebe Frau gab der Dideldadeldudelmaus ihre Glückspillen, bevor das nächste an die Reihe kam.

»Nun?«, fragte die liebe Frau das Wuffelschnuffelhundchen, »bist du glücklich, liebes Wuffelschnuffelhundchen …?« Und auch das Wuffelschnuffelhundchen zeigte sich überaus glücklich und so ging es reihum, und alle waren sehr, sehr glücklich, bis endlich die Reihe an den beleibten Brummelbären kam, der leise brummte, er sei leider nur »ziemlich glücklich«.

»Aber lieber beleibter Brummelbär«, befand die liebe Frau sanft, »auf die Einstellung kommt es an.« Aha. Glücklich sahen alle einander an. Das war es also, genau wie sie bereits geahnt hatten: Der beleibte Brummelbär musste nur neu eingestellt werden. Wie glücklich alle waren, dass ihm so schnell und leicht geholfen werden konnte. Doch das ging zum Glück immer leicht hier im Glücksgarten, anders kannte man das gar nicht. Als die liebe Frau ging, sah er so glücklich wie alle anderen hinüber zur hohen Glücksmauer, die Glückswiese, Glücksgarten und Glücksanstalt von der bösen, bösen Welt da draußen trennte.

Wir Kinder vom Imbiss Zoo

»Wurstgenuss verstopft Ihren Arsch und kann zu Darmkrebs führen.« »Schinken tötet.« »Der Genuss von verarbeitetem roten Fleisch fügt Ihnen und den Menschen in Ihrer Umgebung erheblichen Schaden zu.« Bereits kurz nach ihrer aufsehenerregenden Studie über die Risiken von Geräuchertem und Gepökeltem lässt die Weltgesundheitsorganisation WHO Fleischprodukte in aller Welt mit Warnhinweisen versehen. Erst wird der Wurstverkauf an Minderjährige, dann die Wurstwerbung und später der Handel mit Wurst verboten. Schließlich werden auch Genuss, Besitz und Anbau sämtlicher Wurstwaren unter Strafe gestellt.

Es ist wie damals bei den neuen Anti-Raucher-Gesetzen: In zuvor nicht für möglich gehaltenem Tempo etabliert sich der Wandel und zeitigt Veränderungen, die weit über den Ernährungsbereich hinausgehen. Das Konsumverhalten, die Kunst, die Kultur werden nachhaltig beeinflusst.

Und natürlich auch die Literatur. »Wir Kinder vom Imbiss Zoo«, heißt eine aufsehenerregende Buch-Reportage aus der Wurstszene um den Westberliner Fernbahnhof. Geschildert wird der unaufhaltsame Abstieg der dreizehnjährigen Sarah Wiener aus der Berliner Gropiusstadt hin zur hochgefährdeten Wurstkonsumentin. Am Anfang des Verhängnisses steht eine Scheibe Bärchenwurst, von der Wurstfachverkäuferin (ein aus heutiger Sicht unvorstellbarer »Beruf« …) der kleinen Sarah sogar mit Erlaubnis der eigenen Mutter (!) über den Tresen gereicht. Die Einstiegsdroge, noch lang vor dem Verbot. Über den Erwerb kleiner Speckstückchen (im Szenejargon: »halbes Halbes«) und sogenannter Kesselware landet sie schließlich am Imbiss Zoo. Dort geht es nur um die Wurst – jeder der Abhängigen ist sich selbst der Nächste. Prostitution (»mit oder ohne Darm?«) und Beschaffungskriminalität wie Senftütchenklau finanzieren die Sucht.

Durch den Wurstmissbrauch geht es Sarah immer schlechter. Äußerlich proper, doch im Inneren zerfressen, droht ihr der sichere Krebstod. Sind keine Brat- oder Currywürste verfügbar oder reicht das Geld nicht, knallt sie sich mit »Berliner Schinken« zu, einer noch gefährlicheren Mischung aus Pökelsalz und Schlachtresten.

Als Sarah Wiener von einer Sondereinheit der WHO beim Kochen eines Knackers überrascht wird, entzieht sie sich ihrer Verhaftung durch einen Sprung aus dem Fenster im ersten Stock. Anschließend haust sie in einer WG, die von den Wurstjunkies nur als Fressraum genutzt wird. An der Wand klebt Ketchup, Wurstpellen werden vom Balkon geworfen und Fettspritzer landen einfach im Teppich – die Zustände sind unbeschreiblich.

Erst als Sarahs beste Freundin Babsi sich mit einer Überdosis Salami den »geräucherten Schuss« setzt und auf der Toilette einer illegalen Fleischerei innerhalb von Sekunden an Darmkrebs stirbt, ist das wie ein Weckruf. »Sie war erst vierzehn«, titelt die B.Z. über die bis dahin jüngste Wurst- und Schinkentote Deutschlands. Sarah Wiener willigt nun endlich in einen Entzug ein. In einer von der Selbsthilfeorganisation Veganon betriebenen Bio-Klinik unterzieht sie sich einer Obst-, Gemüse- und Gesprächstherapie. Als Sarah die erste Gurkenscheibe sieht, verwüstet sie den Speisesaal und wird zu ihrer, aber auch zur allgemeinen Sicherheit ans Bett geschnallt. Eine hochprozentige Bratfett-Infusion verhindert die lebensbedrohlichen Begleiterscheinungen des Entzugs.

Kaum davon erholt, hat sie das erste Mal Ausgang und landet gleich wieder bei Konnopke, einem berüchtigten Wurstumschlagplatz in Prenzlauer Berg. Rücksichtslose Dealer handeln hier mit nitrat- und knorpelgestrecktem Zeug. Abgerissene Gestalten mit fettigen Mündern und bekleckerten Hosen streiten um fast leer gezuzelte Wurstzipfel. Die meisten von ihnen sind vom Darmkrebs bereits sichtlich gezeichnet. An ihrem alten Treffpunkt, dem Imbiss Zoo, gibt es nach zahlreichen Razzien inzwischen nur noch Salat, doch die WHO führt einen aussichtslosen Kampf: Die Szene verschwindet ja nicht einfach, sie wird nur verdrängt.

Für eine Mitpatientin schmuggelt Sarah eine Rügenwalder in die Einrichtung. Die Methode ist so einfach wie genial: Kann es für eine Wurst ein unauffälligeres Versteck als das Rektum geben? Noch am selben Tag stirbt die Mitpatientin: Magenkrebs, Darmkrebs und die Wurst war wohl auch nicht mehr so richtig frisch. An dieser Stelle findet unsere Hauptprotagonistin nun zu Gott. Eine reichlich hanebüchene Wendung – schade für ein bis dahin rasantes, realistisches und gut recherchiertes Buch.

Ein tiefes schwarzes Loch

Im Warteraum der Deutschen Rentenversicherung wird auf dem Display meine Nummer angezeigt und ich begebe mich zum entsprechenden Beratungsplatz. Mit mir führe ich das Anschreiben, das mir etliche ungeklärte Zeiträume ankreidet, sowie die mir verbliebenen Beweise meines Tuns und meiner Existenz: einen Reisepass, ein Abiturzeugnis, eine Geburtsurkunde.

Mehr habe ich nicht. Irgendwann habe ich mal alles andere weggeschmissen: alte Lohnsteuerkarten, Sozialversicherungsausweise, Mietverträge, Studienbescheinigungen. Das ist Freiheit. Außerhalb des Steuerrechts weiß ich zudem von keiner Pflicht, sich an sein Leben zu erinnern und es zu belegen. Früher war früher. Heute ist heute. Ich bin auch nicht der Typ, der seine alten Schwärme cyberstalkt. Man muss die Erinnerung regelmäßig ausmisten, um Platz für neuen Mist zu schaffen. Folglich sitze ich auch nicht an langen dunklen

Winterabenden allein zu Hause, im Kerzenschein bei einem Glas Wein, und blättere in vergilbten Sozialversicherungsausweisen, um mir den Uli von früher vors tränenfeuchte Auge zurückzurufen: wie sozialversichert ich da war. Und wie studienbescheinigt. Nur Psychopathen, Faschisten und Menschen, die sich selbst längst aufgegeben haben, hegen die Vergangenheit.

Nun sitze ich dem Mitarbeiter gegenüber. Er wirkt gelangweilt. Die größte Nachweislücke beträgt am Stück dreizehn Jahre. »Wat hamse denn da jemacht?« Er blickt durch mich hindurch, als würde er aufs Meer schauen. Dabei ist hinter mir nur der Raumtrenner zum benachbarten Beratungskoben.

Was soll ich ihm sagen? Ich hab mal studiert. Alles Mögliche. Ich war aber zu dumm und zu faul. Ich habe nicht aufgepasst und bin oft nicht hingegangen. Ich war zugleich überfordert und gelangweilt. Ich wusste überhaupt nicht, was ich da sollte. In keinem Fach, jemals. Mein Universitätsdasein war eine einzige Aneinanderreihung von entsetzlichen Missverständnissen.

In Anglistik war ich eingeschrieben, weil ich in Englisch gute Schulnoten hatte und deshalb dachte, dass ich Englisch könnte. Deutsch konnte ich sogar wirklich, also wechselte ich zur Germanistik, nur um festzustellen, dass die Beherrschung der Grammatik alleine keinerlei Meriten brachte. Dann studierte ich Geschichte, doch auch da war die Ernüchterung groß: Æthelred, der Unberatene, das Danegeld, Sven Gabelbart – selbst die Büchermotten, die sich durch die verstaubten Schinken in der Institutsbibliothek fraßen, lagen vor Langeweile tot unter den Regalen, wo die Putzkraft sie nur auffegen musste. Also versuchte ich es mit Publizistik – das galt im vorigen Jahrtausend mal als hip. Entsprechend überflüssig war allerdings auch das Studium. Wer ohnehin nie ernsthaft vorhatte, einen dieser entmündigenden Erwachsenenberufe zu ergreifen, benötigte für nichts ein Studium. Das sah ich dann auch relativ bald ein und trat eine lange Karriere als Karteileiche an. Wegen diverser mit dem Studentenstatus verbundener Vorteile blieb ich jedoch eingeschrieben und wechselte nur jedes Mal das Fach, wenn mir die Prüfungsordnung gefährlich auf die Pelle rückte. So sammelte ich fleißig zugangsfreie Studiengänge wie Mathematik, Politologie und noch ein paar weitere nebulöse Quatschwissenschaften, an die ich mich im Detail nicht mehr erinnere.

Ich brachte es zu großem Geschick darin, mich den Häschern des Systems zu entziehen. Zwangsberatung und Studiengebühren vermied ich durch Flucht ins benachbarte Potsdam, wo ich mich für Philosophie oder so einschrieb. Dort, auf einer Bank vor dem Immatrikulationsbüro, wurde ich erstmals von einem ebenfalls wartenden Kommilitonen gesiezt. Angesichts einer derart aufwändigen Lügenlogistik wäre es wohl einfacher gewesen, tatsächlich zu studieren.

So genau will der Rentenmann das alles gar nicht wissen. Es ist unklar, ob sich seine Aura aus Arroganz und latenter Feindseligkeit eher aus Heterophobie oder einem fatalistischen Überdruss an seinem Job speist, doch er weiß sie perfekt zu dosieren und so gerade noch die Eskalation zu vermeiden. Von diesem Mann also wünsche ich mir, dass er mir hilft.

Ich habe keine Unterlagen. Ich habe keine Erinnerung. Ich habe keine Ahnung. Das sage ich ihm und versuche, dabei niedlich auszusehen: hilflos, aber auch ein bisschen verschmitzt. Mit sieben Jahren hätte das funktioniert, jetzt wirkt es wohl eher wie ein Obdachloser, der einen halbwegs guten Tag hat.

Das verrät mir jedenfalls sein Tonfall. »Dit müssen Sie doch wissen, wat Sie in der Zeit jemacht haben. Sie müssen die Belege beibringen.«

Und ich hatte gehofft, er hätte die Daten. Er hat doch einen Computer, er muss doch die Informationen haben über mich, den gläsernen Bürger mit den Glasknochen in seinem Glashaus. Habe ich gedacht, naiv nun immerhin wie ein Siebenjähriger. Am Telefon hieß es, man könne die Sache hier gemeinsam klären. Nur deswegen habe ich diesen Termin vereinbart und bin bis an den Arsch der Stadt gefahren. Nun darf ich mich selber um Bestätigungen kümmern. Für welchen Zeitraum? Für welche Fächer? Bei welcher Uni? Was für eine kafkaeske Kacke, ich kenne doch meine damalige Studentendingsnummer gar nicht, ich dreh mich im Kreis. Schwester Immatriculata, die Bettpfanne, bitte!

Last Exit Oberschenkelhalsbruch

Es ist Montagabend. Ich liege auf dem Fußballplatz und warte darauf, dass der Schmerz nachlässt. An dem reibeisenartigen alten Kunstrasen habe ich mir das Knie an exakt derselben Stelle wie vor drei Tagen aufgeschürft. Die fing gerade erst an zu heilen. Nun kann man durch den blutigen Matsch hindurch die einzelnen Hautschichten zählen, unterscheiden und benennen, wie beim Mikroskopieren einer Zwiebel im Biologieunterricht. Das zweite Mal tut immer ganz besonders weh.

Ja, wenn ich noch ein junger Bursche von 48 oder 49 Jahren wäre, würde ich meinen Tränen nun wohl ohne jede Scheu freien Lauf lassen. Doch mit 50 kann man so was echt nicht mehr bringen. Also stoße ich nur zischend die Luft aus. Besorgt blicken mich die jüngeren und talentierteren Mitspieler an. Jedes meiner undefinierbaren Geräusche ist für sie ein Alarmsignal. Was kommt bei diesem wunderlichen Alten wohl als Nächstes: Herzinfarkt, Schlaganfall oder geht ihm einfach bloß die Luft aus?

Jeder weiß es: Ich bin viel zu alt für den Scheiß. Diese Erkenntnis habe ich auf anderen Gebieten längst gewonnen – warum bloß nicht hier? Was will ich mir denn beweisen? Dass ein Bierbrunnen stets auch ein Jungbrunnen ist? Dass man auf dem Felde der Ehre auch an aufgeschürften Knien verbluten kann? Man soll aufhören, wenn es am schönsten ist, doch den Zeitpunkt habe ich schon vor Jahren verpasst.

Ich muss höllisch achtgeben, dass ich nicht mehr so oft hinfalle. Ich komm ja von alleine nur noch schlecht wieder hoch und liege dann meist minutenlang, wie ein Käfer hilflos mit den Beinchen strampelnd, auf dem Rücken. Zum Glück ist Fußball ein Mannschaftssport und die Jungs, die ich früher meine Mitspieler nannte, sind mittlerweile praktisch meine Zivis. Wenn sie sehen, dass ich einmal mehr unglücklich gestürzt bin, unterbrechen sie ihr Spiel und helfen mir auf. In der Zeit nehmen sie durchaus auch das eine oder andere Gegentor in Kauf. Sie setzen mir das am Boden liegende Gebiss ein, erinnern mich daran, dass ich »linker Verteidiger« sei oder eine ähnlich interessant und zugleich unnütz klingende Position innehätte. Sie schieben mich an die entsprechende Stelle des Spielfelds und warten kurz, um sicherzugehen, dass ich stabil und eigenständig stehen kann. Wie ein Duracel-Häschen klappere ich bald fröhlich weiter, bis das nächste Hindernis, in Form zum Beispiel einer zu dick gezogenen Seitenlinie, auftaucht.

Große Angst habe ich bei jedem Sturz natürlich vor dem legendären Oberschenkelhalsbruch: dem größten Feind des alten Menschen, noch vor Radfahrer, Rentenbescheid und Dingen, die er nicht kennt. Der Last Exit Oberschenkelhalsbruch führt nicht selten über die Standspur Geriatrie hin auf den Rastplatz der letzten Ruhe. In den ersten Monaten lässt sich noch ab und zu ein Mitspieler blicken und bringt mir kernlose Weintrauben. Doch irgendwann hören auch die Besuche auf. Montags ist immer noch Fußball. Den gucke ich vom Krankenbett aus im Fernsehen. Zweite Liga. Keinesfalls will ich ins Sterbehospiz verlegt werden. Dort soll es immer Streit um die Fernbedienung geben.

Mancher denkt nun vielleicht: »Was labert denn dieser leidlich rüstige Alte? Der wirkt doch eigentlich kaum älter, als er ist.« Und sie haben ja nicht unrecht. Natürlich ist das eitel und verlogen, aber nur zu menschlich. Menschlich ist nun mal ein Synonym für eitel und verlogen. Die selbst ernannte Krone der Schöpfung nutzt ihre hochentwickelten Kommunikationstechniken fast ausschließlich dazu, ihre Artgenossen arglistig zu täuschen. Solche Fähigkeiten kann man getrost in die Bio-Tonne treten. Lügt denn der Wolf, wenn er heult; die Biene, wenn sie tanzt; das Pferd, wenn es vor die Apotheke kotzt? Nein. So etwas tut nur der Mensch. Jede Mikrobe kommuniziert auf ihre primitive Weise zuverlässiger und damit besser.

Allerdings ist in meinem Fall die Koketterie von der Realität schon lange rechts überholt worden. Denn die Spielstatistik lügt nicht: Zwei Prozent gewonnene Zweikämpfe, 0,012 zurückgelegte Kilometer, eine Passquote von fünf Prozent, null Torschüsse und eine gelbe Karte für wiederholte Spielverzögerung, als die meine beiden Sprintversuche gewertet wurden. Und dann bin ich am Ende auch noch umgefallen.

Der lange Zug nach Osten

»Möchtest du eine Kinderfahrkarte?«, hörte ich den Schaffner ein etwa vierjähriges Mädchen fragen. Zuvor hatte er dem gesamten Waggon gegen dessen Willen lang und breit sowie in sehr lustig gemeinten Worten erklärt, dass er ja gar kein Schaffner sei, sondern Zugbegleiter.

»Ich begleite Sie, haha«, bollerte er munter. »Ich habe den offiziellen Auftrag, Sie zu begleiten. Hahaha!« Er hatte wohl einen Klaun gefrühstückt, und nur allzu gern hätte ich ihn gefragt, warum er um Gottes willen so viel sprach und lachte, also weit mehr, als es die korrekte Ausübung seiner Tätigkeit erforderte und meiner Meinung nach auch vertrug. Doch ich wollte ihm nicht wehtun und die im Zug herrschende Harmonie nicht zerstören. Was natürlich ein zweischneidiges Schwert ist, denn wenn niemand den Schwätzern Einhalt gebietet, werden diese irgendwann die Weltherrschaft übernehmen.

Mein Harmoniebedürfnis ging sogar so weit, dass, nachdem das Kind dem Witzbegleiter unmissverständlich klargemacht hatte, dass es keinesfalls mit wertlosem Papiermüll belästigt werden wolle, der nur dazu gedacht war, es auf der Grundlage seines geringen Lebensalters zu diskriminieren und zu demütigen, ich Mitleid mit dem dummen und aufdringlichen, aber im Grunde seiner Seele wahrscheinlich gar nicht mal schlechten Dienstmenschen bekam, und zaghaft äußerte: »Kann ich dann vielleicht eine Kinderfahrkarte haben?«

Um die Wahrheit zu sagen, ging es mir nicht nur um die Harmonie an sich. Vielmehr wollte ich unbedingt eine Kinderfahrkarte. Ja, je länger ich darüber nachdachte, in jeder Sekunde also, seitdem ich meine Frage ausgesprochen hatte, wuchs in mir der sehnliche Wunsch nach einer Kinderfahrkarte mehr und mehr zu einem brennenden, unstillbaren Verlangen. Im Vergleich zu dieser alles verzehrenden Sehnsucht wirkte selbst das leidenschaftlichste Begehren, das ich jemals empfunden haben mochte, nur noch wie das eintönige Kalong-kalong-kalong eines endlos langen Güterzuges aus lauter leeren Kesselwagen, dem man vom distelbestandenen Bahndamm aus emotionslos und gelangweilt hinterherblickt, bis er endlich in der verregneten Weite einer nichtssagenden Randmoränenlandschaft verschwunden ist, nur um anschließend einer noch lähmenderen Stille Platz zu machen. Ich glaube, in diesem Moment hätte ich für eine Kinderfahrkarte nicht nur bedenkenlos meine Seele gegeben, sondern auch noch meine Ohren und meinen Verstand draufgelegt.

Plötzlich füllten sich meine Augen mit Tränen und wurden ganz grau. Als Kind hatte ich nie eine Kinderfahrkarte bekommen, denn damals gab es noch keine Kinderfahrkarten. Kinder wurden meist zu einem Viertel des regulären Preises im Gepäckwagen, den zu jener Zeit noch jeder Zug mit sich führte, verstaut und waren unter Androhung empfindlicher

Körperstrafen dazu angehalten, ja bloß keinen Mucks von sich zu geben.

Dennoch rührte der Gedanke an eine Kinderfahrkarte tief an mein Herz und weckte die nostalgischsten Erinnerungen: Ich spürte wieder den wässrigen Geschmack eines eiskalten Cornetto Schleck aus der Tiefkühltruhe im kleinen Dorfladen von Tante Hitler, roch das Fleisch der verbrannten Hunde im lodernden Osterfeuer und hörte das Singen der Räuber im Wald neben unserem Haus. Ich sah Vater, wie er die unzähligen mit Leichenteilen gefüllten Säcke vom Dachboden in den Keller und vom Keller wieder zurück auf den Dachboden trug – seine fast greifbare Unentschlossenheit hatte mich auf unbeschreibliche Weise bewegt. Mit einer Kinderfahrkarte, so wusste ich auf einmal supersicher, hätte ich endlich den schriftlichen Beweis dafür in den Händen gehalten, dass ich all dies auch tatsächlich erlebt hatte. Ohne die Kinderfahrkarte aber wäre meinem Leben im Nachhinein und für alle Zeiten der Stempel »Entwertet« aufgedrückt worden.

Wir schwiegen uns an, der Zugbegleiter und ich: eine Sekunde, eine halbe Sekunde, eine Viertelsekunde. Insgesamt wohl fast eine Achtelsekunde lang. »Nein«, sagte er dann. »Nein. Haha. Sie sind ja überhaupt kein Kind, hahaha!«

Sein Gelächter brannte sich mir in Mark und Bein. Ich mochte den Mann nicht. Wütend und traurig blickte ich aus dem Fenster, hinter dem der Thüringer Wald aus allen Nähten platzte.

Drei Farben: Grau

Es ist so düster. Eine formidable Saulaune hat sich eingestellt und zeigt der Welt die Borsten. Mit der Umstellung auf Winterzeit haben uns die Verantwortlichen auch noch das letzte Lebenslicht geraubt. Dahinter steckt Kalkül. Der November dient dem System als Vehikel, die Untertanen vom sommerlichen Übermut herunter und über die schmale Planke des Wankelmuts tief hinunter in einen Ozean aus pechschwarzer Schwermut zu stoßen. Schwermut hat nun gar nichts mehr mit Mut zu tun, allenfalls mit Wermut. Ein Bier tut es natürlich auch, oder ein Glühwein. Getränke, die langsam töten, nachdem sie so schlampig wie lieblos ihrem Auftrag der Erzeugung tückischen Sekundenglückes nachgekommen sind. Es ist schon ein rechter Teufelskreis.

Wie fröhlich war ich noch im Sommer. Ich sprang mit einem hellen Kleidchen angetan barfuß über blumenbestickte Wiesen. Klatschte bei jeder Biene, die sich sacht an einer Blüte schubberte, bei jedem Schmetterling, der zu meiner Ergötzung taumelnd gaukelte, bei jedem der so zahlreichen Sonnenstrahlen, die meine mit güldenen Härchen zuhauf versehene Sammethaut streichelte, strob und stroff, vor maßloser Verzückung in die Hände, sodass das fortwährende Klatschen einen geschlossenen Klangteppich ergab, der dem Geräusch eines mit buntenem Bast umsäumten winzig kleinen Presslufthammers glich, welcher in einem fort an der Straße der Liebe und des Glücks zu Werke war. Goldkehlchen säumten trällernd den Hain. Ich trank den Nektar der Blüten, aß den Klee, sang dem Dasein freudetrunkene Lieder. Am Abend ging ich schweißtriefend und mit vom Dauerapplaus wunden Händen, doch überaus zufrieden und erfüllt zu Bette. Selig schlummerte ich ein und das Sandmännchen hielt auf dem Kopfende meiner Schlafstatt Wacht. Durchs offene Fenster lächelte ein milder Mond. Das war schön. Schön war die Zeit.

Wo ist sie hin? Verschwunden im Orkus des Vergessens. Kälte macht sich breit: in den Herzen, in den Städten, in der Natur. Die Vögel singen nicht mehr, die Sonne schaltet einmal in der Woche das Notaggregat ein und die Bienen sind tot. Erstochen. Die Bäume werfen achtlos das Laub weg wie todkranke Millionäre ihr Geld. Von des Sommers reichem Blumenschmuck sind uns nur die auf den Gräbern welkenden Chrysanthemen geblieben. Das Kleidchen hängt im Schrank, schafswollene Schlüpfer scheuern schmerzhaft am schrumpfenden Schwänzlein. Mit dicken Stahlkappenstiefeln an den Füßen schlurfe ich übellaunig durch die Straßen – die Route ist immer dieselbe: erst der Friedhof, dann das Dunkelrestaurant (Schwarzwurzeln, Schwarzbrot) und am Ende ein Darkroom in der Düsterhauptstraße. Dort sitze ich dann, allein, und weine leise vor mich hin.

Gewiss, auch im November gibt es viel zu feiern – da bleibt kein Auge trocken, denn die Tränen fließen ohne Rast: Allerheiligen, Allerseelen, Reichspogromnacht, Mauer kaputt,

Volkstrauertag, Buß- und Bettag, Totensonntag. Selten so gelacht. Wer auf Feiern in Schwarz zu Singender Säge und einem Glas Brackwasser in der Hand steht, kommt hier bestimmt auf seine kranken Kosten.

Der freut sich auch über den zähen Todeskampf der Krähe im kahler werdenden Geäst. Freund Eichhorn, Kamerad Dealer und Onkel Exhibitionist stehen einsam im Park herum – wer jetzt allein ist, wird es lange bleiben. Doch auch in den Straßen ist die Atmo schwer am Boden: Frierende Kinder, an denen man offene Feuer befestigt hat, damit sie nicht unerkannt flüchten können, werden durch die dunklen Gassen getrieben. Vom Glühwein und der eigenen Bosheit besoffene Erzieher singen Spottlieder dazu. Laterne, Laterne, Brandwunden und Sterne. Ab und zu geht ein Kind knisternd in Flammen auf, dann lachen sie nur. Sonst ist außer Weinen, Fluchen, Husten, Niesen, Wehgeschrei und den Sirenen der Rettungswagen kein Laut mehr zu hören.

Es ist die Jahreszeit für Wörter mit U, dem unheimlichsten und dunkelsten aller Vukule: Unmut, Unzufriedenheit, Umsturz, Uhu, Umbringen. In Kriegen und Bürgerkriegen werden Menschen, in den Wäldern kleine Miezekatzen mit großen Augen und in den Umluftbacköfen junge Puter getötet. Oma stirbt. Das Fahrrad wird gestohlen. Alle werden entlassen. Erster Frost legt sich auf die Brücken und greift des Nachts mit klammen Fingern tückisch nach arglosen Autofahrern. Viele sind noch jung. Gewesen. Kein Sandmännchen hilft ihnen nun und kein milder Mond. Hielte nicht Fräulein Nebel, die kleine Cousine des verheerenden Erdbebens, das Drama unter ihrem weißen Leichentuch verborgen, zerrissen unsre Seelen ganz gewiss vor Leid.

Das soll jetzt alles nicht verbittert klingen. Echt nicht, absolut nicht, null. Es *ist* allenfalls verbittert. Wie es klingt, ist mir hingegen scheißegal. Alles ist mir egal. Dabei gibt es doch überall so wunderschöne Grautöne. Es ist eine wahre Pracht.

Der »Indian Winter«, der Spätherbst, protzt mit seiner reichen Palette aus Blassgrau, Hellgrau, Mittelgrau, Dunkelgrau und Schwarz. Ein depressiver Maler hätte sicher seine reine Freude daran. Doch leider bin ich nur ein depressiver Autor – wer hätte das gedacht?

Ach, wäre ich doch wenigstens ein depressiver Clown! Während im Käfigwagen hinter mir ein zerfleddertes Känguru zur Musik der Tiger Lillies röchelnd seinen Löffel abgäbe, bespaßte ich, eine rote Nase ins graue Gesicht geschminkt, im Zirkus November die beiden einzigen Zuschauer, die gekommen sind: Herrn Not und Frau Elend. Geld gibt es natürlich keines. Beide standen auf der Gästeliste.

Die große Sause

Der Mittsommertag. Was für ein rauschendes Fest! Während draußen eine Million Jugendliche bedröppelt um von leptosomen Aufschneidern mit Sonnenbrillen bediente Krachmachgeräte herumstanden, als hätte sie der Herrgott im Mustopf vergessen, war in unserem beige tapezierten Feierzimmerchen mords die Halligallisause angesagt. Im Zahnputzglas hatten wir, wunderschön aufgefächert, Salzstangen drapiert, auch ein Krug stillen Wassers stand auf dem Tisch bereit. Nun stand der Orgie aber mal überhaupt nichts mehr im Weg. Nullo. Es konnte losgehen, die Leute konnten kommen.

Vier waren sogar schon da, mehr hatten wir nicht eingeladen. Das Radio lief nahezu auf Zimmerlautstärke. »88,8 – das Schönste von vorgestern und vorvorgestern: Wählen Sie schon mal die passende Melodei für Ihre baldige Beerdigung!« Was für ein heiterer Slogan – da hatte man wohl fett die Fachleute zurate gezogen: Spaßmacher, Clowns und smarte Werbefuzzis in einem. Vielleicht war auch noch ein Feuerwehrmann dabei, der darauf achtete, dass niemand vor Begeisterung in Flammen aufging. Grinsend mümmelte ich an einer Salzstange. Sogar der herben Tante Gisèle, die sonst in der Notaufnahme der Résistance die eingeschlafenen Füße weckte, entfuhr ein mittelfröhliches Hickerchen. Auf dem Fensterbrett stand die lustige Tasse, die wir eigens zu diesem Anlass aus dem Sachenkeller geholt hatten. Praktisch jeder, der die lustige Tasse sah, musste fast ein wenig schmunzeln. »Aber nicht zu dolle«, hatten wir uns vorgenommen, denn wir wollten schließlich nicht vor Freude sterben.

Jetzt ging es aber so richtig rund: Abwechselnd kramte jeder ein besonders lustiges Wort aus seinem persönlichen Wortschatz hervor und warf es frank und frei in die Runde. Mein Wort war »Maulbeerbaum«. Die Wörter der anderen waren ebenfalls nicht schlecht, aber keines auch nur ansatzweise so lustig wie meines. Ich hatte also gewonnen. Das war sehr schön. Ich freute mich.

Um 17.12 Uhr war die Stimmung schließlich auf dem Siedepunkt, denn es klingelte: Das konnte nur die Marmeladenkönigin sein!

»Die Marmeladenkönigin, die Marmeladenkönigin!«, wisperten alle ekstatisch durcheinander, denn der Auftritt der Marmeladenkönigin ist bei uns traditionell der Höhepunkt des Mittsommerfestes. So jubelten wir munter, bis auf einmal einer fragte: »Macht denn vielleicht mal jemand auf?«

Herrje! Wir hatten vergessen, die Tür zu öffnen, damit die Marmeladenkönigin eintreten konnte! Was waren wir doch manchmal für Schussel. Hoffentlich war sie nicht schon wieder weg. Kurz legte sich ein banger Schatten über die Feiertagslaune, der aber rasch wieder verschwand, denn selbstverständlich hatte die Marmeladenkönigin gewartet. Wo hätte sie denn auch sonst hinsollen – etwa zu den Jugendlichen draußen? Die wären ihr doch nur frech gekommen.

»Sorry, Leute«, sagte die Marmeladenkönigin. Sie hatte doch glatt die Marmelade zu Hause vergessen. Das machte aber gar nichts, weil wir noch genug vom vorigen Jahr hatten. Die Marmeladenkönigin bekam ein Glas stilles Wasser und eine Salzstange. Als sie am Fenster die lustige Tasse sah, musste natürlich auch sie beinahe lächeln.

Dann klingelte es ein weiteres Mal – meine Güte, hier war aber was los! Ein Bienenstock war nichts dagegen. Gespannt wie die Flitzebogen lauschten wir in die Gegensprechanlage: Offensichtlich stand der Reisebus vorm Haus, der uns alle in die Badeanstalt bringen sollte. Oh, mein Gott – was für eine Aufregung! Rasch sammelten wir die aufblasbaren Nilpferde, Schwimmflügel und Badekostüme zusammen und stiegen in den Bus. Unser kleines »Unternehmen Barbarossa« hatte begonnen.

Leider würden uns auf dem Weg zur Badeanstalt die berüchtigten Halbfrigiden Schlümpfe auflauern, die mir letztes Jahr die Brille weggenommen hatten. Um einen Überfall zu vermeiden, fuhren wir deshalb heute ausnahmsweise einmal nicht durch die Schlucht, in der sie wohnten, sondern über die Karpatenberge. Das war ohnehin der kürzere Weg.

Zweimal mussten wir umkehren, weil wir erst die Salzstangen und dann auch noch die lustige Tasse vergessen hatten. So wurde es Mitternacht, als wir endlich das schmiedeeiserne Tor zur Badeanstalt erreichten. »Dunnerlüttchen«, sagte Tante Gisèle, die die Klügste von uns ist: »Hat schon seit neunzehn Uhr zu.«

Alle weinten jetzt. Bis es erneut die schlaue Tante war, die uns mental aufzurichten wusste mit den Worten: »Der Weg ist das Ziel.« Nun waren wir wieder fröhlich. Im Bus auf der Fahrt zurück sangen wir sämtliche Lieder, die es gab.

Der neue Mann

Mark Zuckerberg, Sigmar Gabriel, Nick Tschiller. So heißen die neuen Väter, die zurzeit gefeiert werden wie der Messias auf Speed. Und das nur, weil sie ihre Aufgabe nicht wie andere Väter darin beschränkt sehen, ihre Kinder zu heiß zu baden oder totzuschütteln, sondern sich konstruktiv an Pflege und Erziehung des Nachwuchses beteiligen.

Zuckerberg nimmt eine zweimonatige Elternzeit und postet eine vollgeschissene Windel. Eine Milliarde Däumchen gehen hoch. Gabriel bleibt zu Hause und pflegt seine kranke Tochter eine Woche lang mit Eierlikör. Selbst die hartgesottene Bild-Zeitung schluchzt vor Rührung. Nick Tschiller (was auch bloß ein Anagramm von Til Schrecklin ist) alias Til Schweiger lässt seine Tochter im Tatort mitspielen, wenn die Mutter keine Zeit hat, sie an ihre Arbeitsstelle mitzunehmen. Die Quote ist ihm scheißegal – es ist das Kind, das zählt.

Allerdings verhält sich jeder gottverdammte Piepmatz so, ohne das laut durch Presse, Funk und Fernehen zu tschilpen. Das Bohei, das Medien und Gesellschaft um eine Selbstverständlichkeit veranstalten, steht in keinem Verhältnis. Es ist fast so, als hätte sich nichts geändert seit den Tagen, da man schon froh sein musste, wenn der frischgebackene Vater das ihm in den Arm gedrückte Kind nicht einfach fallen ließ, weil er mit ihm nicht das Geringste anzufangen wusste. Ist ja schließlich kein Faustkeil, damit hätte er sich ausgekannt. Die Frau sorgt für Haus, Hof und Kind. Der Mann geht in den Wald und raucht. So will das Gott.

Natürlich ist es schön, in der Tagesschau selbst einem wie Horst Seehofer dabei zuzusehen, wie er das fröhlich krähende Töchterlein in den aus dem Hirn des Bajuwarenfürsten ragenden blanken Drähten schaukeln lässt, während der Papa »Politik« macht, wie er es wahnhaft nennt. Doch die Hauptnachrichten sind der falsche Platz. Zu viele schlimme Dinge passieren sonst um uns herum.

Nur das kümmert den neuen Mann wenig. Brav schiebt er den Buggy der Marke »Leopard II« durch den Park. In der einen Hand das Bier, in der anderen die Zigarette. Die Frau geht solang arbeiten. Das ist für ihn okay. Es ist, als hätte sich im neuen Manne endlich die der Logik entsprungene Einsicht festgesetzt:»Wer Geschlechtsverkehr hatte, ohne den vereinbarten Preis im Voraus zu entrichten, bezahlt dann eben hinterher. Mit seiner Zeit, seiner Energie *und* mit seinem Geld, denn ungeschützt ist nun mal teurer.«

So fair ist er, der neue Mann. Fair und faul. Am häufigsten inszeniert derjenige die eigentlich nur billige Beteiligung an der Aufzucht als emanzipatorische Heldentat, der doch wie Gabriel bloß zu faul zum Arbeiten ist. Denn»fair is foul and foul is fair«, wie schon William Shakespeare wusste, der seiner Frau übrigens noch nicht mal die Tür aufhielt, wenn sie in jedem Arm vier Kinder trug und er nur in einer Hand eine fucking Schreibfeder. Im Gegenteil warf er ihr die Tür sogar noch direkt vor der vom chronischen Kindbettfieber gezeichneten Nase zu, drehte den Schlüssel zweimal im Schloss herum und schob den Riegel vor. Wumms.

Aber es gab auch früher schon andere, leuchtende Gegenbeispiele für Männer, die sich nicht nur nicht zu schade waren, bei der Brutpflege mit Hand anzulegen, sondern die darüber auch kein überflüssiges Wort verloren. Nehmen wir zum Beispiel Adolf Hitler. Anlässlich der Dackellähmung seines Sohnes Lutz unterbrach er sogar seinen Russlandfeldzug und eilte per Sturzkampfbomber nach Berchtesgaden, um den Spross, dessen Existenz aus unerfindlichen Gründen heute noch immer gerne unter den Tisch gekehrt wird, gesund zu pflegen. In der Presse stand nichts davon, denn der Führer ging mit Privatangelegenheiten eben gerade *nicht* hausieren, auch wenn es ihn im Nachhinein in ein weitaus besseres Licht gerückt hätte.

Nicht zu vergessen Queen Elizabeth II., die durch die Anstiftung zum Mord an Lady Diana ihren Sohn, den Prince of Wales, endgültig von seiner Ex-Schnalle befreite, deren lästige Popularität sonst weiterhin das Glück der königlichen Familie bedroht hätte. Auch als de facto Mutter erwies sie sich in diesem Falle als moderner Vater.

Oder Vader Abraham, der ohne Zögern zu Hause blieb, nachdem seine hundert Schlümpfe über Nacht blau angelaufen waren. Und dann bis auf Weiteres bei ihnen blieb, als sich ihr Zustand nicht entscheidend besserte. Das sind mal alles Leute, die einfach handeln und nicht quatschen. Wie viele mehr bräuchte unsere Welt davon!

Besuch in Utopia

Ein Sonntagsspaziergang auf dem RAW-Gelände in Friedrichs-hain. Wir sind überrascht, was hier inzwischen abgeht. Ne-ben einem Areal namens »Urban Spree«, einer mutmaßlichen Zweigstelle des Urban-Krankenhauses, finden sich Trödelmärk-te, Biergärten und offene Hallen mit gar nichts drin, was auf eine Art auch wieder interessant wirkt, weil sich jeder fragt: Wozu ist das da? Kommt da noch was rein? Ist das jetzt schon alles?

In den Hallen und dazwischen finden sich kunstvoll zu-sammengefügte Palettenstapel, die als Sitzgelegenheiten die-nen. Das sieht unbequem aus, aber darauf kommt es nicht an. Hauptsache, man kann mit seiner Granatapfel-Mate in der Hand die dürren Beinchen fotogen auf die Stufen lagern. Für bequem ist noch genügend Zeit, wenn man hinfällig, tot oder fünfunddreißig ist.

Atmosphäre und Besucher erinnern an die Kopenhagener Freistadt Christiania, bloß ohne die Tapeziertische mit den

Haschklötzen drauf. Eine missbrauchte Utopie, zum Rummelplatz verkommen. Immerhin das kann man dem RAW-Gelände nicht vorwerfen, eine Utopie mit Tiefe hat es hier nie gegeben.

Höhepunkt der Hipness ist der Village Market am hinteren Ende des Komplexes. Hier gibt es Street Food, ursprünglich ein Begriff aus der Forstwirtschaft, der überfahrene Wildtiere auf Schnellstraßen bezeichnet, an denen sich die Bussarde delektieren. Doch längst haben ihn die Hipster für sich gekapert. Street Food, Food Art, Food Culture und Food Startups verleihen der guten alten Imbissbude neuen Glanz, statt Pommes Schranke warten Buchweizen-Dumplings auf ein auffällig junges Publikum. In einer Ecke stinkt es nach einem Buttersäureattentat, doch dann sind es nur Schweizer, die mit ihrem Raclette vergeblich auf brechreizresistente Kundschaft warten.

Ich werde für ein Pastrami-Sandwich fremdentschieden, obwohl man das »eigentlich in New York essen« müsse, sagt Q., die normalerweise schwer in Ordnung ist, aber neben anderen vernachlässigbaren Schwächen leider auch die weit verbreitete New-York-Meise innehat.

Deutsche New-York-Fans sind ja eine Kaste für sich. Selbst Leute, die kaum Socken zu kaufen in der Lage sind, raunen den Namen der Stadt derart ehrfürchtig, als könnten bei unvorsichtiger Aussprache die Silben zerbrechen, und gleichzeitig mit einer Arroganz, die impliziert, dass, wer noch nicht in »NYC« gewesen, ein weltfremder Wurm und als solcher quasi überhaupt nicht lebensfähig wäre. Um ihre Kompetenz zu unterstreichen und die einschlägigen Codes mit ihresgleichen abzufeiern, schwärmen sie mit prätentiös gespitztem Mündchen von den großartigen Sandwichs »Rothstein's Bagels« an der »Corner 8th Dings und 4th Bums« und loben mit vor Begeisterung bebender Stimme die einzigartige Mentalität der New Yorker. Dabei sind die für US-amerikanische Verhältnisse einfach nur grob unfreundlich, wie ja schon die Berliner im innerdeutschen Vergleich.

Auch vor dem Food-Gedöns warten die obligatorischen Palettenstapel. Das Gesamtkonzept hat etwas von einem Zoo, wo man Klettergerüste errichtet und Autoreifen aufhängt, um die Affen zu beschäftigen, weil sie andernfalls Neurosen entwickeln, die schnell zu Aggression und Autoaggression hinführen. Entsprechend halte ich den ganzen Zirkus hier durchaus für eine gute Einrichtung. Die Leute sind in einem abgegrenzten Bereich aufgehoben, werden betreut und haben Spaß, ohne an anderer Stelle öffentliches Straßenland zu verunreinigen sowie Einheimische zu belästigen.

Doch darüber hinaus ist mir der Sinn der Anlage noch nicht richtig ersichtlich. Ich spiele mit dem Gedanken, an einem anderen Tag bekifft wiederzukommen, um solchermaßen erkenntnismodifiziert womöglich irgendeine Metaebene zu entdecken. Straighte Menschen fragen ja gerne mal nach dem grundsätzlichen Wert von Drogen, weil sie das Konzept dahinter nicht verstehen. Hier ist es: Drogen helfen dem Gehirn, seine immanent faschistoiden Funktionsstrukturen zugunsten einer flexibleren Wirkungsweise aufzugeben, die Wahrheiten entdecken lässt, wo keine sind.

»Hm. Stattdessen könnte man auch einfach gar nicht hingehen«, würden nun wohl die naseweisen Straighten einwenden. Klar, könnte man natürlich auch.

Friseurbesuch

»Du siehst aus wie ein Schaf«, spottet Q. auf einer Party vor aller Ohren über mich. »Hast du bei Nadine mal wieder keinen Termin gekriegt?«

Nein, habe ich nicht. Mal wieder. Schon bei meinem Anruf Mitte Dezember war bis Weihnachten nichts mehr frei. Denn Nadine ist augenscheinlich sehr begehrt. Sie schneidet nicht nur gut, sondern ist auch ziemlich hübsch mit dieser eher seltenen Kombination aus kohlrabenschwarzen Haaren und leuchtend blauen Augen. Mein Vater hatte das auch. Sie gefällt mir also, weil sie mich an meinen Vater erinnert, früher, entsprechend hat sie auch nicht die weißen Büschel, die ihm heute aus den Ohren wachsen. Aber was nicht ist, kann ja noch werden.

»Er ist nämlich total verknallt in seine sechzehnjährige Frisette«, zieht mich die Freundin vor den anderen Partygästen auf. Alle lachen hämisch, ich werde rot und schlucke nur mühsam die Tränen der Demütigung und des aufkeimenden Zorns herunter.

»Bin ich gar nicht«, sage ich gepresst. »Außerdem ist Nadine bestimmt schon mindestens zwanzig.«

Folglich könnte sie noch nicht mal meine Enkelin sein. Allerdings ist sie klein, mädchenhaft und redet nur belangloses Zeug, was ich auch Q. gegenüber erwähnt habe, um das Fehlen jeglicher erotischen Komponente im sowieso rein professionellen Verhältnis zur Friseurin zu betonen. Dieser schlampig konstruierte Zusammenhang hält zwar keinerlei logischen Prüfung stand, doch ich werfe die Nebelkerze ganz bewusst. Denn was ich nicht erzähle, ist, dass ich mich bei den letzten Friseurbesuchen wiederholt dabei ertappt habe, die Möglichkeit einer dauerhaften Verbindung zwischen Nadine und mir auf ihr Für und Wider abzuklopfen.

Sobald sie den Frisierumhang mittels einer Papierkrempe um meinen Hals verschließt, anfängt zu schneiden und Banalitäten vor sich hin zu quackeln, beginne ich, mir unsere gemeinsame Zukunft auszumalen. Ich kann mich problemlos darauf konzentrieren, weil ihr leises Geplapper nur einen dünnen, unaufdringlichen Klangteppich bildet: Wie sie mal mit ihrer Mutter auf Malle, die hätte sie eingeladen, und das Wetter nicht so besonders, und sie selber dann auch noch ne Darmgrippe, sie wüsste jetzt gar nicht woher, und das hätte fast ne Woche gedauert, aber schön wäre es trotzdem gewesen … und ich sage ab und zu im Random-Verfahren »Ja, ja«, »Nein, nein« oder »Wie toll« und denke währenddessen über Nadine und mich nach.

Das hätte durchaus eine Menge Vorteile. Für uns beide. Wir würden uns quasi symbiotisch ergänzen. Ich würde sie ansehen und für ihre Schönheit bewundern. Sie würde mir zuhören und mich für meine Klugheit verehren.

Ich könnte ihr bei den Hausaufgaben helfen, wenn sie noch einmal die Schulbank drückt, damit wir eines Tages vielleicht auch mal ein vernünftiges Wort wechseln können.

Ich könnte dann sogar noch mal ein Kind haben, das heißt wir könnten, das heißt sie kann. Und das Kind heißt Hans oder Heinz oder Horst, weil das wahrscheinlich dann schon wieder Mode ist. Unser Kind würde sich zunächst schämen, wenn die anderen Kinder fragen, wer denn der alte Mann sei, der es zur Schule gebracht hätte: »Dein Opa?« Aber genau das wäre auf den zweiten Blick wahnsinnig cool, weil das das Kind in die privilegierte Position brächte, eine spannende Legende aufzufahren vom Vater, der bei einer Schießerei mit Halunken oder bei einer niederländischen Weltraummission ums Leben gekommen wäre, und deshalb muss eben der Großvater einspringen. Zum Ausgleich kann unser Kind mit einer besonders jungen Mutter auftrumpfen, sobald die montags, wenn die Friseure zuhaben, vor der Schule auftaucht.

Aber was heißt schon »unser Kind«: Ich hab es mir unterjubeln lassen, von einem hippen DJ, mit meinem stillen Einverständnis, ich sehe da lieber gar nicht so genau hin. Die Spermien des jungen Hallodris dürften ohnehin viel besser sein – in meinen Hoden suppt doch nur noch eine graue Masse vor sich hin, auf der mit dem Bauch nach oben die Samen treiben wie tote Fische in einem gekippten See. Die Zumutung, mit mir zu schlafen, erspare ich ihr gleich ganz. Einsicht ist die Mutter nicht nur der Porzellankiste. Alles, was ich will, ist, sie jahrelang zu betrachten und zunehmend zahnlos zu raunen: »Wie schön du bist …«

Sie könnte mir in nicht allzu ferner Zukunft die Inkontinenzwindeln wechseln und die Schnabeltasse zum Mund führen. Denn bezahltes Pflegepersonal wird für uns weitgehend unerschwinglich sein, den erfolglosen Kleinschriftsteller ohne Alterssicherung und die Neuköllner Friseurin, und dass eine Nordkoreanerin mich pflegt, ließe Nadine niemals zu. Aber wir werden glücklich sein. Abwechselnd wird sie mir aus ihren beiden Büchern vorlesen, »Sofies Welt« und »Der kleine Prinz«, bis sie mich am Heiligen Abend so sanft wie entschlossen mit einem Kissen erstickt, nur aus Liebe und weil es so nicht mehr weitergehen kann. Von draußen fällt das schwindende Licht der frühen Abenddämmerung herein, Nadine zieht mit einem Ruck den schweren Tüllvorhang vor dem Fenster meines Sterbezimmers zu. Danach wird sie noch eine ganze Weile stumm am Bett sitzend meine erkaltende Hand halten, ehe sie den Arzt anruft für den Totenschein und den DJ für die Zukunft. Sie hat seine Nummer noch immer und er hat all die Zeit auf sie gewartet, auch wenn er sich die Wartezeit mit circa zweihundert anderen Frauen vertrieben hat. Als serielle Monogamie geht das nicht mehr wirklich durch, aber was soll er machen? Man muss die jungen Menschen auch schlicht mal so nehmen, wie sie sind, und ich bin ja froh, dass das Leben für Nadine nach meinem Tod ganz normal weitergeht.

Sie ist ohnehin fast fertig mit mir. »Möchtest du vielleicht noch eine Kopfmassage?«, bietet sie mir wie immer an und wie immer lehne ich dankend ab. Das wäre mir nun wirklich zu intim.

<small>AHNE</small>
Ab heute fremd

»Ab heute fremd« ... einige werden sich fragen: Wer, wie, was, warum? Doch Ahne ist angekommen im 21. Jahrhundert, und er möchte so schnell wie möglich weiter ins 22. Jahrhundert. Das aber geht (noch) nicht, denn die Technik ist da noch nicht so weit. Schade eigentlich.

»Alles und jeden kritisieren und nebenbei auch noch Antworten verteilen – Ahne, der Autor, dem sogar Gott zuhört, darf das.«
Das Magazin

Buch mit CD
160 Seiten
ISBN 978-3-86391-139-3
Euro 14,90 (D)

Leseprobe auf www.voland-quist.de

VOLKER STRÜBING
Kloß und Spinne
Tresen – Antithesen – Synthesen

Kloß hat schlechte Laune, Spinne freut sich und Wirt Nor-
bert erklärt die Welt. Mehr als fünf Millionen Mal wurden die
Kloß-und-Spinne-Trickfilme bei YouTube angeschaut, jetzt
gibt es die kleinen Geschichten endlich als Buch. Hier findet
man Antworten auf die großen Fragen nach dem Leben, dem
Universum und dem Gehackten.

Humorvoll, hintersinnig, mit Sprachwitz und Berliner Schnau-
ze – und garantiert ohne Brause!

Taschenbuch
128 Seiten
ISBN 978-3-86391-147-8
Euro 10,00 (D)

Leseprobe auf www.voland-quist.de